AMÉLIE NOTHOMB

TUER LE PÈRE

roman

ALBIN MICHEL

IL A ÉTÉ TIRÉ DE CET OUVRAGE

Quarante exemplaires
sur vergé blanc chiffon, filigrané, de Hollande
dont trente exemplaires numérotés de 1 à 30
et dix exemplaires, hors commerce, numérotés de I à X

« L'obstination est contraire à la nature, contraire à la vie. Les seules personnes parfaitement obstinées sont les morts. »

Aldous Huxley

Le 6 octobre 2010, L'Illégal fêtait ses dix ans. J'avais profité de la foire d'empoigne pour infiltrer cet anniversaire auquel je n'étais pas invitée.

Des magiciens du monde entier étaient venus au club cette nuit-là. Paris n'était plus une capitale de la magie, mais la puissance de sa nostalgie agissait toujours. Les habitués échangeaient des souvenirs.

– Habile, votre déguisement d'Amélie Nothomb, me dit quelqu'un.

Je saluai d'un sourire pour qu'il ne reconnaisse pas ma voix. Porter un grand chapeau dans un club de magie, ce n'était pas assurer son incognito.

Je ne voulais pas épier ceux qui montraient leurs nouveaux tours. Munie d'une coupe de champagne, j'allai dans la salle du fond.

Pour la plupart des magiciens, jouer au poker sans tricher, c'est un peu des vacances. Rencontrer enfin le hasard, c'est s'encanailler et, autour de cette table, les gens avaient l'air détendu. Sauf un, qui ne parlait ni ne riait et qui gagnait.

J'observai. Il pouvait avoir trente ans. Une expression de gravité ne le quittait pas. Dans la pièce, tout le monde le regardait, sauf un homme appuyé au bar. Âgé d'une cinquantaine d'années, il avait une tête magnifique. Pourquoi avais-je l'impression qu'il restait là par défi, pour déranger ?

Je rejoignis les buveurs et interrogeai. On me renseigna : celui qui gagnait au poker était Joe Whip et celui qui évitait de le regarder était Norman Terence. L'un et l'autre étaient de grands magiciens américains.

– Il y a un problème entre eux deux ? demandai-je.

– C'est une longue histoire, commença quelqu'un.

Reno, Nevada, 1994. Joe Whip a quatorze ans. Sa mère, Cassandra, vend des vélos. Quand Joe lui demande où est son père, elle répond :

– Il m'a abandonnée quand tu es né. C'est ça, les hommes.

Elle refuse de lui dire son nom. Joe sait qu'elle ment. La vérité est qu'elle n'a jamais appris qui l'avait mise enceinte. Des hommes, il en a vu défiler tant à la maison. La principale raison pour laquelle ils partent, c'est que Cassandra oublie ou confond leurs prénoms.

Pourtant, elle se sent flouée dans cette affaire.

– Regarde-moi, Joe. Est-ce que je ne suis pas une belle femme ?

– Oui, maman.

– Alors, dis-moi pourquoi je n'en garde pas un !

Joe se tait. Mais il aurait plusieurs réponses à lui proposer. D'abord, le coup des prénoms. Ensuite, son haleine de tabac et d'alcool. Enfin, les choses qu'il se formule ainsi : « Moi aussi je te quitterais, maman. Parce que tu es égoïste. Parce que tu parles fort. Parce que tu te plains tout le temps. »

Un soir, Cassandra ramène un nouveau type. « Encore un », se dit Joe. Comme toujours, elle fait les présentations :

– Joe, je te présente Joe, mon fils. Joe, voici Joe.

– Ça ne va pas être simple, remarque l'aîné.

Joe Junior pense que celui-ci, elle va le garder. Déjà, elle n'oubliera pas son prénom, car si peu maternelle soit-elle, elle a trouvé le meilleur moyen mnémotechnique pour retenir le nom de son amant. Et puis, Joe Senior est différent. Il pose de drôles de questions :

– Ça marche, le business des vélos, à Reno ?

– Oui, répond Cassandra. Du 5 août au 15 septembre. À cent dix miles d'ici se tient, du 27 août au 5 septembre, le festival de Burning Man. On ne peut y circuler qu'à vélo ou en véhicules mutants. Reno est la dernière grande ville avant le désert du festival. C'est chez moi que les Burners achètent leurs vélos et c'est moi qui les rachète après pour un croûton de pain.

Joe Senior s'installe à la maison. Comme les armoires de Cassandra sont pleines, il range ses affaires dans celles de Junior.

— Dis donc, Cassy, ton fils a des trucs bizarres dans son placard.

Elle vient voir.

— Non, c'est rien, c'est ses choses de magie.

— Hein ?

— Oui, c'est sa passion depuis qu'il a huit ans.

Senior regarde Junior d'un air de plus en plus mauvais. Surtout quand celui-ci fait ses tours de cartes. Senior a du mal à en croire ses yeux.

— Ton fils, c'est de la graine de sataniste.

— Arrête, c'est des bêtises de gosse. Tous les enfants veulent devenir magiciens.

Senior n'y connaît rien. Il n'empêche qu'il y voit plus clair que Cassandra :

– Ton fils est anormalement doué.

– Rien d'anormal à ça. Depuis six années, il s'exerce. Il ne s'intéresse qu'à ça.

Entre l'homme et le garçon s'installe une haine classique, sauf qu'elle est basée sur des malentendus. « Oui, je te vole ta mère qui est belle et que tu désires, comme les fils de ton âge. Tu pourras faire toute la magie que tu voudras, ça ne te la rendra pas. Mais moi, je ne supporte pas de te voir manigancer tes diableries du matin au soir », pense Senior.

« Garde-la. Si tu savais ce que je pense d'elle. Et cesse de toucher à mes affaires », pense Junior.

Cassandra rayonne. Deux mois que Senior est avec elle. Son record. « Il va rester. »

Un jour que tous les trois sont dans le salon, une dispute éclate.

– Arrête avec tes tours de cartes ! Je ne supporte pas.

– Ce que tu ne supportes pas, c'est de voir quelqu'un qui fait quelque chose, toi qui ne fiches jamais rien.

– Qu'est-ce que tu sous-entends ?

– Ça ne te dérange pas trop d'être entretenu par ma mère ?

Cassandra gifle Junior et l'envoie dans sa chambre.

Une heure plus tard, elle l'y rejoint. D'un air désespéré qui sonne faux, elle lui demande de partir :

– C'est lui qui le veut, tu comprends ? Il y a vraiment un problème entre vous deux. Si tu ne t'en vas pas, c'est lui qui s'en ira. J'ai trente-cinq ans. Je veux enfin garder un homme. Mais je ne t'abandonne pas. Je te donnerai mille dollars chaque mois. C'est beaucoup d'argent. Tu seras libre. N'importe quel gosse de ton âge rêverait d'être à ta place.

Junior se tait. « Senior a raison, il a l'air sournois », pense Cassandra. Junior sent qu'elle ment : c'est elle, et non son homme, qui exige son départ. Senior le hait, mais ce n'est pas pour autant qu'il quitterait une aussi bonne situation. La mère a choisi de mettre son fils dehors parce qu'elle est vexée. Le môme a dit tout haut ce qu'elle ne veut pas entendre : Senior n'est pas avec elle pour sa beauté.

Joe Junior réunit ses affaires dans un sac à

dos. Il rassemble son matériel de magie dans une valise.

Les adieux sont sans état d'âme. La mère se soucie du fils comme d'une guigne. Le fils méprise la mère.

Dès qu'il quitte le domicile maternel, il cesse de s'appeler Junior. À quatorze ans, sa première décision est d'arrêter l'école. Il sait que cela ne lui sert à rien.

La mère habite à la périphérie de Reno. Joe s'installe au cœur de la ville. Il loue une chambre dans l'un de ces hôtels bon marché dont regorge le Nevada. Il veut jouer au casino et prétend avoir dix-huit ans. Personne ne le croit, on vérifie ses papiers.

Alors, il fréquente la nuit les bars des hôtels où il exécute des tours de cartes. Les clients, éblouis, lui donnent des pourboires. Cela tombe bien. Cassandra a encore menti : mille dollars, ce n'est pas beaucoup d'argent quand on doit se prendre en charge. C'est seulement le prix de sa conscience de mère. Une conscience qui ne coûte pas cher.

Le matin, Joe se couche et dort jusqu'à quinze heures. Il mange des pancakes et puis il fouine dans les boutiques, à la recherche de nouvelles vidéos de magie. Quand il en trouve une, il l'étudie par cœur dans sa chambre.

Le soir, il essaie les nouveaux trucs sur les clients des bars. Il a tellement l'air d'avoir son âge que les gens sont émus, surtout les femmes. Parfois, on ne se contente pas de lui donner de l'argent, on l'invite à dîner. Il ne refuse jamais.

Une année passe. Joe a quinze ans. Cette vie ne lui déplaît pas. Il a l'impression d'être la mascotte des bars de Reno.

Une nuit, Joe s'exerce seul au bar. Il ne s'aperçoit pas qu'un homme l'observe. Assis au zinc à trois mètres de lui, l'inconnu regarde ses mains.

Soudain, le garçon voit qu'il est vu. Il a l'habitude et, pourtant, il sent que c'est différent. Il s'efforce de ne rien laisser paraître de son trouble et termine son tour de cartes. Ensuite, il lève la tête et sourit à l'homme. Comment sait-il qu'il ne lui donnera pas de pourboire ? Et pourquoi cela ne le dérange-t-il pas ?

– Quel âge as-tu, petit ?

– Quinze ans.

– Où sont tes parents ?

– Il n'y en a pas, dit Joe qui n'a pas le sentiment de mentir.

L'homme doit avoir quarante-cinq ans. Il en impose. Il est large d'épaules. Joe trouve que

19

son regard a l'air de venir de loin, comme si ses yeux étaient enfoncés.

– Gamin, de ma vie je n'ai vu des mains aussi incroyablement douées que les tiennes. Et je m'y connais.

Joe sent que c'est vrai. Il est impressionné.

– Tu as un professeur ?

– Non, je loue des vidéos.

– Cela ne suffit pas. Quand on a un tel don, il faut avoir un maître.

– Voulez-vous devenir mon maître ?

L'homme rit.

– Doucement, petit. Moi, je ne suis pas magicien ! Mais tu habites Reno, la ville du plus grand.

– Du plus grand quoi ?

– Du plus grand magicien.

Le lendemain, vers seize heures, Joe frappa à la porte d'une maison située près de la voie ferrée. Personne ne répondit. Il s'aperçut que ce n'était pas fermé et il entra.

Sur le canapé du séjour, un homme dormait, son journal sur la tête. Joe vint enlever le journal et contempla celui qui siestait.

Il pouvait avoir trente-cinq ans. Ses traits dégageaient une sérénité extrême. Torse nu, il portait un jean pour unique vêtement. Musclé. Pas un pouce de graisse.

L'adolescent regarda la pièce et fut déçu par l'absence de tout matériel. Le mobilier n'était que fonctionnel : « Il n'y a rien de beau ici, pensa-t-il, ce ne peut être le foyer d'un magicien. »

À la réflexion, ce n'était pas exact. L'homme

allongé sur le canapé était magnifique. Joe se demanda s'il était mort et posa son oreille sur sa poitrine.

– Qui es-tu ? dit celui que ce contact avait réveillé.

– Je suis Joe Whip. Êtes-vous Norman Terence ?

– Oui.

L'homme s'assit, s'étira et contempla l'adolescent en fronçant les sourcils.

– La porte n'était pas fermée. Je suis entré.

– Veux-tu un verre de lait ?

– Vous n'avez pas plutôt une bière ?

– Non. Et je vais te chercher ce lait.

Norman revint avec deux verres de lait. Ils burent silencieusement. Joe attendait que l'adulte lui demande ce qu'il voulait. Mais il ne disait rien, comme si n'importe qui avait le droit de venir chez lui sans justification.

– Je veux que vous soyez mon maître, finit par dire Joe.

– Je ne suis et ne serai le maître de personne.

– Mon professeur, si vous préférez.

– Ton professeur de quoi ?

– De quoi pourriez-vous être professeur ?

– Que veux-tu apprendre ?

L'adolescent sortit de sa poche un paquet de cartes. Il exécuta plusieurs tours sur la table basse. Puis il rangea le jeu et planta ses yeux dans ceux de Norman.

– Tu as la meilleure donne du dessous que j'aie vue de ma vie, dit l'homme.

– Alors ?

– Pourquoi veux-tu être mon élève ?

– Parce que vous êtes le plus grand.

– Ça ne me convainc pas.

– Parce que j'ai des mains pas croyables.

– C'est vrai, mais ça ne me convainc pas. Je n'ai jamais voulu enseigner.

– Tout ce savoir que vous avez, vous voulez le garder pour vous ?

– J'ai le temps d'y réfléchir. Où sont tes parents ?

– Je n'ai pas de père et ma mère m'a jeté dehors. Depuis un an, j'habite à l'hôtel.

– Explique-moi ça.

Joe lui raconta son histoire et son quotidien. L'adulte soupira avec accablement.

– Quel âge as-tu ?

– Quinze ans.

Norman le regarda intensément. L'adolescent sentit qu'il se jouait quelque chose d'important et s'efforça de ne pas avoir l'air d'implorer.

L'homme réfléchissait.

Une jeune femme entra avec des sacs de courses.

– Christina, je te présente Joe, quinze ans. Joe, je te présente Christina, ma compagne.

– Bonjour Joe. Tu m'aides ?

L'adolescent se précipita pour lui prendre plusieurs sacs des mains. Elle l'emmena à la cuisine où ils rangèrent les produits. Ensuite, Joe regagna le séjour.

– Qu'est-ce que je vais faire de toi ? demanda Norman, préoccupé.

Christina les rejoignit et dit le plus naturellement du monde :

– Joe dormira dans la petite chambre.

Le cœur de Joe battit très fort. Norman sourit :

– Tu as gagné. Va chercher tes affaires.

Quand Joe revint avec sa valise et son sac à dos, ce fut Christina qui l'accueillit. Elle lui montra sa chambre qui donnait sur la voie ferrée.

– Va prendre un bain, lui dit-elle. Après, nous passerons à table.

Il obéit. Dans la baignoire, il soupira d'aise. Pour la première fois de sa vie, il eut l'impression d'avoir une famille.

Il se raisonna : « Norman pourrait être mon père. Mais Christina doit avoir vingt-cinq ans, elle ne pourrait pas être ma mère. » Il n'empêchait qu'en si peu de mots et d'attitudes, la jeune femme l'avait mis plus à l'aise que Cassandra en quatorze années de cohabitation.

Norman l'appela :

– Joe, le dîner est servi !

Comme il était encore dans l'eau, il sortit très vite et descendit dans son peignoir en éponge, ce qui ne gêna personne.

Ils mangèrent en parlant peu. Norman et Christina n'avaient pas la télévision. Joe fut très content de son nouvel entourage.

Au milieu de la nuit, Norman se demanda pourquoi il avait accepté une telle responsabilité. Christina, qui le voyait s'agiter sans dormir, dit que c'était un principe :

– Un gosse de quinze ans seul dans la nature, on l'accueille chez soi, ça va de soi.

– Je ne sais pas. Je n'aurais pas été d'accord pour un autre que lui.

– C'est un si bon magicien que ça ?

– Oui. Et s'il a atteint un tel niveau, je peux imaginer combien il a été seul. Pense au nombre d'heures qu'il a dû passer à s'exercer devant son miroir pour être sûr que l'astuce soit invisible.

– À quinze ans, tu étais comment, toi ?

– Solitaire et sauvage, mais pas à ce point. Il me fait peur.

– C'est curieux. Moi, je le trouve gentil et normal, un bon môme.

– Tu as peut-être raison, dit Norman en pensant qu'il n'avait jamais entendu Christina s'étonner des manières de qui que ce soit.

Comme il peinait encore à s'endormir, elle lui dit :

– Si tu lui avais fermé ta porte, tu t'en mordrais les doigts.

– C'est vrai.

Joe, lui, avait aussi une insomnie, mais de joie. Après avoir logé à l'hôtel pendant une année entière, habiter une maison lui paraissait le luxe le plus formidable qui soit. Il ne devrait plus travailler la nuit dans les bars pour payer sa chambre. Il allait pouvoir redevenir un enfant.

Une forme de quotidien se mit en place. Le matin, après le petit-déjeuner, Norman enseignait son art à son élève. Il y avait, bien sûr, un important versant technique, moins important cependant que le versant spirituel.

Le professeur s'aperçut de cette nécessité quand il vit combien le gosse s'enivrait de sa virtuosité.

— Pourquoi veux-tu devenir magicien ? lui demanda-t-il.

Silence. Joe était interloqué.

— Pour montrer que tu es le meilleur ? poursuivit Norman. Pour devenir une star ?

Mutisme éloquent.

— Quel est le but de la magie ? reprit l'adulte.

Après un silence, il répondit lui-même à la question :

— Le but de la magie, c'est d'amener l'autre à douter du réel.

Joe hocha la tête.

– Donc, continua Norman, la magie, c'est pour l'autre, ce n'est pas pour soi.

– Elle me donne pourtant beaucoup de plaisir, dit l'adolescent.

– Ce n'est pas contradictoire. Quand on fait les choses comme elles doivent l'être, on y prend forcément un grand plaisir. Pour autant, ce n'est pas le but.

Joe regarda Norman par en dessous. Le professeur sentit qu'il pensait « quel emmerdeur » et réprima son envie de rire.

L'après-midi, Norman siestait sur le canapé du salon. Joe aidait Christina à faire les courses ou le ménage. Le soir, elle lui apprenait à cuisiner.

Joe admirait le magicien, mais éprouvait une certaine gêne en sa compagnie. Il dégageait une dignité impressionnante. Et puis, c'était une célébrité. Il ne mettait pas cela en avant, il n'en parlait jamais et, pourtant, on ne pouvait pas en douter. Le courrier regorgeait d'invitations sur des scènes prestigieuses, voire dans des cercles étrangers de renom.

Norman n'exerçait pratiquement plus à Reno. Une fois de temps en temps, il partait en tournée pour quelques grandes villes – là encore, il n'en parlait pas, il fallait lui arracher les informations.

Quand il s'en allait, il laissait à Joe des instructions, comme de travailler tel ou tel mouvement : il savait que c'était inutile, l'élève était sérieux. Ces consignes servaient plutôt à rassurer le môme sur la permanence de son enseignement.

En l'absence de Norman, Joe s'entraînait seul, comme par le passé. Des heures durant, il s'observait manipulant les cartes ou les objets dans le miroir. Son regard sur lui-même avait changé depuis qu'il était devenu l'élève de Norman : c'était comme si son reflet avait incorporé le jugement du maître.

À midi, Christina l'appelait pour déjeuner. Après quoi, il ne la quittait guère jusqu'à la nuit. Il adorait sa compagnie. Elle parlait aussi peu que Norman, mais cela ne suscitait en lui aucune gêne. Cassandra, elle, parlait continuellement, sans doute parce que le silence la crispait.

Il la comparait toujours à sa mère et s'en voulait : « C'est que je ne connais aucune autre femme », pensait-il. Christina lui paraissait le contraire de Cassandra : distinguée, taiseuse, elle ne haussait jamais le ton et sa beauté n'était pas tapageuse. Pour cette raison, Joe tarda à s'en apercevoir. Mais quand il remarqua qu'elle était belle, il en fut d'autant plus frappé.

Il ne risquait pas d'oublier cet instant. Comme il déjeunait avec elle et l'interrogeait sur sa matinée, s'attendant à une réponse de peu d'intérêt, elle dit :

— J'ai travaillé.

— Tu as travaillé ?

— Chaque matin, je travaille.

— Quel est ton métier ?

— Je suis jongleuse de feu.

Il s'étrangla avec sa bouchée. Elle sourit.

— Je ne vois pas ce que cela a de si incroyable. Norman et toi, vous êtes bien magiciens.

Il eut honte. Pourquoi n'avait-il jamais soupçonné qu'elle aussi était une artiste ?

— Raconte, dit-il.

— C'est le plus beau métier du monde, commença-t-elle.

Et tandis qu'elle parlait, il l'observa. Elle resplendissait. Ses yeux jetaient des éclairs. La finesse de ses traits le sidéra. Il n'avait jamais vu un tel visage.

À quinze ans, Joe avait fait plus d'une fois l'expérience de la beauté, ne serait-ce que chez sa mère. Mais c'était la première fois qu'il en était touché, comme si la beauté s'adressait à lui en particulier, comme si c'était une confidence qui se méritait et dont il fallait se montrer digne après sa révélation.

Christina était extrêmement mince de visage et de corps, sans que son squelette apparaisse jamais. Ses cheveux, sa peau et ses yeux avaient la couleur du caramel. Elle avait grandi au Nouveau-Mexique et disait qu'elle n'y avait jamais connu un jour sans soleil : sa carnation en portait l'empreinte.

Elle relevait sa chevelure en une sorte de chignon de cuir indien qu'un bâtonnet de bois maintenait ; cette coiffure rudimentaire dégageait un cou d'une longue perfection.

Ses vêtements se résumaient le plus souvent à un jean et à un haut de bikini, si bien que Joe avait l'impression intime de connaître son corps. Pourtant, dès l'instant où il tomba amoureux d'elle, cette familiarité physique fut remplacée par le pressentiment d'un mystère.

Car sitôt qu'il vit sa beauté, il l'aima, de la toute-puissance du premier amour. Ce fut un amour d'un seul tenant : dès la seconde de sa naissance, il s'accompagna d'un désir absolu et perpétuel.

Joe savait qu'il aimait une femme interdite, aussi ne montra-t-il rien, ou le moins possible, de son amour. Cependant, dès la première étincelle, il vécut dans l'attente – dans l'attente d'il ne savait quoi, ou plutôt de ce qu'il savait très bien – et qui devrait forcément se produire un jour, car sinon, rien n'avait de sens.

Les sages affirment que rien n'a de sens. Les amoureux possèdent une sagesse plus profonde que les sages. Qui aime ne doute pas un instant du sens des choses.

Christina était éperdument amoureuse de Norman qui était un homme magnifique et le plus grand magicien du monde. Joe n'était qu'un adolescent qui avait tout à apprendre dans tous les domaines. Il n'avait rien pour lui, sinon l'immensité de son désir et cela lui suffisait à y croire.

Si on lui avait demandé ce que désignait ce « y » dans lequel il plaçait sa foi, il aurait répondu : « Un jour, je ferai l'amour avec Christina et elle le voudra autant que moi. »

Il existe plusieurs catégories de jongleurs de feu : celle de Christina s'appelait le *swinging*. Cela consiste à jongler avec des torches que l'on tient à l'aide de ficelles nommées *bolas* – les mêmes *bolas* que l'on lance autour des pattes des veaux pour les immobiliser lors de certaines épreuves de rodéo.

D'autres jonglent en manipulant directement les torches, ou encore en en fixant deux à chaque extrémité d'un bâton. Chacune de ces techniques est spectaculaire, mais aucune ne convoque tant de grâce que le *swinging*, comme l'indique son nom. C'est pourquoi ceux qui pratiquent cette discipline sont qualifiés de *fire dancers*.

L'une des causes de frustration de Joe était de n'avoir jamais vu Christina s'adonner à son art.

– Ce n'est pas un spectacle anodin, expliqua-t-elle. Il y a toujours une part de danger, tant pour le spectateur que pour le jongleur. Il suffit d'une torche mal accrochée qui tombe dans le public sur une personne vêtue de nylon ou sur une chevelure et imagine la catastrophe.

– Promets-moi qu'un jour je te verrai le faire pour de vrai, insista-t-il.

– Bien sûr. Un peu de patience. Entre-temps, tu me vois m'entraîner, ce qui n'est pas si mal.

Cet argument énervait Joe car Christina ne s'exerçait pas avec de véritables torches enflammées ; elle les remplaçait par d'inoffensives quilles en plastique qui pesaient le même poids au bout des *bolas*. Il avait un mal fou à se convaincre que c'était déjà magnifique de voir la jeune femme danser ainsi pour lui seul. Ce qu'il sentait, c'est que la somptueuse jonglerie était privée de son danger barbare dans le but de le ménager. Et il trouvait que ce procédé le renvoyait brutalement à son adolescence.

C'était la traduction exacte de ce qu'il éprouvait sexuellement : il n'avait droit qu'aux joujoux, alors qu'il se sentait prêt pour l'immense réalité.

Un jour, Joe demanda à Christina, le plus simplement du monde, comment s'y prendre pour faire l'amour.

Elle sourit et répondit :

— Tu devrais plutôt poser cette question à Norman. Son point de vue t'apportera davantage que le mien.

Plus tard, elle demanda à Norman si Joe lui avait posé cette fameuse question.

— Laquelle ?

— Comment s'y prendre pour faire l'amour.

— Non, dit-il en riant. Il n'a pas eu ce courage.

— Il l'a eu avec moi.

Norman resta songeur.

— Il doit être un peu amoureux de toi. Ça me rassure.

— Pourquoi ?

— Ça prouve qu'il est normal.

— Tu en doutais ?

— Oui. Quand je lui enseigne la magie, il est tellement bizarre, presque effrayant. Il boit mes paroles et, en même temps, je sens qu'il veut me sauter à la gorge et me déchiqueter de toutes ses dents.

– Il t'adore !

– Oui. Il m'adore comme un gamin de quinze ans adore son père. Donc, il a envie de me tuer.

– Et toi, tu le considères comme ton fils ?

– Il y a de ça. J'ai beaucoup d'admiration et d'affection pour lui. Quand je pars, il me manque. Quand je reviens, il m'énerve et il m'exaspère.

– Tu as peur de lui.

– Non. J'ai peur pour lui.

– Alors, il est ton fils.

Norman entreprit d'enseigner à Joe le classique des tours de cartes, le Waving the Kings de Hollingworth. Il l'exécuta d'abord plusieurs fois avant de lui expliquer la technique :

– Tu vois, c'est l'un des tours les plus jolis, expliqua-t-il. Doué comme tu l'es, en trois heures, tu le maîtriseras.

Trois jours s'écoulèrent sans que l'adolescent y parvienne.

– Je ne comprends pas, dit Norman, tu as appris Interlaced Vanish de Paul Harris en une heure et c'est au moins aussi difficile. Pourquoi ce blocage ?

Joe lui opposa un front buté.

Norman reproduisit le tour en commentant chacun de ses gestes. Il conclut par ces mots :

– C'est plutôt facile. Aucun tour de cartes

n'est vraiment difficile. Ce qui est difficile avec les cartes, c'est la triche.

– C'est ça que je veux apprendre, répondit Joe du tac au tac.

Norman le gifla aussitôt.

– C'est la première fois de ma vie que je reçois une gifle, dit Joe, offusqué.

– Et moi, c'est la première fois que je gifle quelqu'un et je ne le regrette pas. Dis donc, mon petit vieux, tu viens me demander d'être ton professeur et j'accepte pour toi ce que je n'ai jamais accepté ; je t'installe chez moi en plus. Et tu as le culot de me dire que tu veux devenir un tricheur ?

– Je n'ai pas dit ça. Je veux apprendre la triche.

– Et pourquoi ?

– Toi-même, pourquoi l'as-tu apprise ? As-tu jamais triché ?

– Jamais.

– Alors ?

– Je suis un homme. Tu es un gosse.

– Nous y voilà ! Y a-t-il un âge pour apprendre la triche ?

– Pour la technique, non.

– C'est pour la morale que tu as peur ? Le bien et le mal, c'est à mon âge qu'on doit les apprendre, non ?

– En effet. Mais dis-moi, pourquoi est-ce que la triche t'intéresse à ce point ?

– Tu m'as fourni la réponse : parce que c'est le plus difficile. Je suis attiré par la difficulté.

– Réussis d'abord Waving the Kings et nous verrons ensuite, d'accord ?

Excédé, l'adolescent saisit les cartes et exécuta aussitôt le tour à la perfection.

Norman secoua la tête et le regarda :

– Qui es-tu ? Qu'est-ce que tu as dans le crâne ?

– Oh, ça va ! râla Joe.

La nuit même, au lit, Norman raconta cette histoire à Christina. Elle rit :

– Quel sacré gamin !

– Je ne sais pas si ça m'amuse, moi. Quel tordu !

– Voyons, il a quinze ans !

– Moi, à quinze ans, je n'aurais jamais eu une attitude pareille.

– Comment peux-tu le savoir ?

– Je le sais !

– Je ne te crois pas. Nous oublions tous comme nous étions fous à cet âge.

– Pas toi.

– Si, moi aussi.

– Tu vivais chez les fous, c'est différent.

– Je vivais dans une communauté hippie où tout le monde était fou et à neuf ans, à douze ans, j'étais plus sage qu'eux, en effet. Mais à quinze ans, j'étais folle.

– Raconte.

– À quinze ans, je ne mangeais quasi rien. J'étais presque anorexique. Un jour, je me promenais avec ma mère. Elle me montre des champignons qui poussaient dans la prairie et elle me dit : « Ce sont des saute-lapin. » Je lui demande s'ils sont comestibles, elle répond : « Non, ils sont toxiques. » Elle n'avait pas fini sa phrase que je me suis mise à vouloir les manger, à ne plus penser qu'à ça. En cachette, je suis revenue à l'endroit où se trouvaient les champignons et je les ai dévorés. J'en avais une envie féroce. J'ai vomi toute la nuit, il a fallu me conduire à l'hôpital.

– Tu voulais te suicider ?

– Absolument pas. J'ai dit la même chose à ma mère qui, en toute logique, m'a demandé : « Pourquoi, toi qui ne veux rien avaler, as-tu voulu manger des champignons toxiques ? » La seule réponse que j'ai pu lui donner, c'est que j'en avais une envie féroce.

– Et aujourd'hui, tu as une autre explication ?

– Non. Si ce n'est qu'à quinze ans, on est fou.

Être le plus grand magicien du monde et habiter Reno, c'est aussi absurde que si le pape habitait Turin : dans le bon État, mais pas dans la bonne ville.

Quand on lui demandait pourquoi il ne vivait pas à Las Vegas, Norman recourait à cette métaphore :

– Les braves gens croient que le Vatican est la capitale du catholicisme. Ce n'est qu'une couverture. Le Vatican est, en réalité, le repère de dizaines de sectes chrétiennes plus mystérieuses les unes que les autres. Las Vegas, c'est pareil : les touristes du monde entier affluent pour voir la capitale du jeu et pour y mimer ce qu'ils prennent pour les activités locales. En vérité, Las Vegas est le siège planétaire de la plus gigantesque, de la plus ancienne des sociétés secrètes : la magie.

– Alors pourquoi n'y habites-tu pas ?
demanda Joe.

– Précisément pour cette raison. Si le pape
était un honnête homme, crois-tu qu'il vivrait au
Vatican ?

– Je ne sais même pas qui est le pape, dit
l'adolescent.

– Tant mieux. Je veux faire de toi un
homme de bien. Et j'essaie d'en être un :
c'est pour ça que je n'habite pas Vegas. Mais
pas seulement : je n'aime pas l'idée d'être,
comme on dit, là où tout se passe. Cela
me contraindrait à n'être rien d'autre qu'un
magicien.

– Es-tu autre chose ?

– Oui. Par exemple, je suis l'homme de
Christina.

– Tu pourrais l'être à Vegas.

– Moins. J'aurais moins de temps pour elle.
Sans oublier que Reno est la grande ville la plus
proche de Burning Man, l'évènement de l'année
pour Christina, la fête du feu. C'est au festival
qu'elle montre le sommet de son art.

Cela ne tomba pas dans l'oreille d'un

sourd. Joe réfléchissait aux perspectives qui s'offriraient à lui s'il pouvait aller à Burning Man.

Norman crut qu'il rêvait à Las Vegas et ne s'en étonna pas : c'était un désir inévitable et naturel pour n'importe qui, à plus forte raison pour un jeune magicien exceptionnellement doué. « À vingt ans, il ira passer quelque temps à Vegas », pensa-t-il en souriant, revoyant ses vingt ans à lui qu'il avait fêtés là-bas. Certains détails de ses frasques d'alors lui revinrent à la mémoire et il dut reconnaître que c'étaient d'excellents souvenirs.

Il n'empêche qu'il était heureux de ne pas habiter dans cette ville de démence.

– Tu es un vrai mormon, lui disait parfois Christina, lassée qu'il soit si sage.

– Oui. Et pourtant, je suis irrémédiablement monogame, répondait-il.

C'était peu dire qu'il aimait Christina et qu'elle le lui rendait bien. Cinq années auparavant, il l'avait vue dans l'une de ses chorégraphies de *fire dancer*, à Burning Man et, au premier coup d'œil, il avait su non seulement qu'il était fou d'elle, mais qu'elle était la femme de sa vie. L'étonnant était qu'à vingt ans elle avait éprouvé exactement la même certitude à son égard, sans avoir aucune idée de son identité.

Elle avait pourtant déjà une certaine habitude d'être regardée, mais cet inconnu la fixait d'une façon si spéciale qu'elle avait espéré ne jamais sortir de ce faisceau. De tels yeux posés sur elle lui donnaient l'impression d'être le Graal.

À Burning Man, la scène est partout ; à peine en quitte-t-on une qu'on se retrouve sur une autre. Lorsque Christina éteignit ses torches, l'homme la rejoignit.

– Norman, dit-il.

– Christina, répondit-elle.

Ils n'échangèrent pas un mot de plus. Il l'aida à rassembler ses affaires et l'accompagna dans sa tente.

Quand on a été élevé dans une communauté hippie, il n'y a que deux possibilités : soit on devient hippie, soit on devient le contraire :

expert-comptable ou banquier psychorigide. Christina était une exception qui avait évité ces deux excès : sans être hippie, elle n'avait pas pour autant rejeté ce passé. Elle en avait conservé ce qui l'intéressait et laissé de côté ce qui ne lui plaisait pas.

Une attitude aussi équilibrée étonnait de la part d'une fille qui avait quand même beaucoup souffert de ce milieu : son père l'avait initiée aux champignons hallucinogènes à l'âge de neuf ans et au LSD à l'âge de douze ans. À treize ans, elle avait avalé cinq cents microgrammes d'acide et elle n'avait pas atterri pendant un mois entier. Suite à cela, elle avait connu l'enfer pendant un an.

– Une année de descente d'acide, expliquait-elle, à un âge qui est déjà aussi angoissant qu'une descente d'acide. J'ai cru que j'étais bonne pour l'asile : j'étais terrifiée tout le temps et par tout. Quand j'en parlais à ma mère, elle me disait : « C'est bien, tu fais tes gammes. »

Une année plus tard, ce qui la sauva fut de cesser de manger. La faim passa sur le devant de la scène et chassa les autres démons.

À dix-huit ans, Christina avait quitté sa tribu et le Nouveau-Mexique. Elle s'était inscrite à l'école du cirque de Carson City, Nevada.

D'avoir connu, à l'âge de treize ans, un enfer si long lui avait conféré non pas le goût, mais le besoin du danger. Rien ne l'apaisait comme de jongler avec le feu. Son destin lui parut tracé : elle serait *fire dancer*. Cet art lui permettrait d'associer la souplesse de corps et d'esprit qui lui venait des hippies à l'extrême discipline de qui pratique un métier à risque.

Christina avait le visage et la voix d'une jeune lady : il était très difficile, à la voir et à l'entendre, d'imaginer qu'une personne si distinguée et si posée avait eu un passé si chaotique. C'est aussi pour cette raison qu'elle se mit si vite en couple avec un homme qui avait déjà trouvé son chemin : elle avait besoin d'une structure.

Qui voyait Norman et Christina ensemble était frappé par leur point commun : ils avaient une même façon de se taire. On observait leur manière hiératique de siéger silencieux l'un à côté de l'autre, tels un roi et une reine de

l'époque mycénienne, n'échangeant rien que
leur beauté et leur majesté. La fascination qui
émanait de la juxtaposition de ces deux êtres
superbes les identifiait à des totems.

Joe se révéla redoutablement bon dans les tours de triche. Norman ne s'en offusqua pas :

— Ce sont de simples exercices de style et il faut reconnaître qu'il n'en existe pas de meilleur.

— De toute façon, dit Joe, la magie, c'est de la triche.

— Je ne suis pas d'accord. Il y a une différence fondamentale : la magie déforme la réalité dans l'intérêt de l'autre, afin de provoquer en lui un doute libérateur ; la triche déforme la réalité au détriment de l'autre, dans le but de lui voler son argent.

— Si ce n'est qu'une question de fric !

— C'est plus grave que ça. Le magicien aime et estime son public ; le tricheur méprise celui qu'il plume.

– Quand tu joues au poker, es-tu tenté de tricher ?

– Mes mains auraient tendance à le faire, mais ma tête ne l'accepterait jamais. C'est aussi pour ça que je joue peu : je me sens coupé en deux.

– Ce que c'est chiant, ton honnêteté ! pesta l'adolescent.

– Accessoirement, ça peut t'éviter la prison, dit Norman en souriant.

– Si on triche vraiment bien, on ne va pas en prison.

– Tu as raison : si on triche vraiment bien, on est liquidé par la Mafia.

– Tu dis que le magicien estime son public : n'éprouve-t-il pas plutôt un sentiment de supériorité envers lui ? De la condescendance ?

– C'est impossible. Tu devrais le savoir : le premier public, c'est soi-même, puisqu'on s'exerce devant un miroir. Et les heures qu'on passe seul devant son reflet rendent humble.

– Je ne suis pas sûr d'être humble.

– Tu l'es plus que tu ne le crois. Sinon, tu ne serais pas si doué.

Norman ne désapprouvait pas ces contradictions presque systématiques. C'était un comportement de fils de quinze ans.

Lui-même appréciait beaucoup Joe. L'aimait-il comme un père ? Il n'avait pas de point de comparaison pour le savoir. Quand il partait en voyage, il constatait que l'adolescent lui manquait. À chacune de leurs retrouvailles, il éprouvait un profond sentiment de plénitude. Lorsque le môme exagérait, il était plus attendri que furieux.

Une nuit, pourtant, il dut se mettre en colère. Il arrivait que Joe sorte en ville pour, disait-il, avoir une vie sociale. Norman et Christina ne s'y opposaient pas. Ils étaient rassurés que le garçon ait des amis et des aspirations ordinaires.

À une heure du matin, la police téléphona à Norman : un certain Joe Terence, qui affirmait avoir dix-huit ans, avait triché au poker au casino de Hamersbound pour une somme de huit mille dollars.

Norman sauta dans sa voiture. En route pour le poste, il se traita de tous les noms : pourquoi avait-il enseigné les tours de triche à ce gosse cinglé et irresponsable ?

Chez le shérif, quand il vit Joe tête basse, il eut envie de le secouer comme un prunier.

– C'est votre fils ?

– Oui. Et il n'a pas dix-huit ans, mais quinze.

– On s'en doutait. On ne veut plus le voir au casino, c'est clair ? La prochaine fois, on ne vous le rendra pas si facilement.

Dans la voiture, Norman dit :

– Donc c'est ça, ta vie sociale ?

– Je suis rien qu'une merde, je sais.

– C'est trop facile ça, comme défense. C'est pour que je te dise le contraire. Explique-moi plutôt pourquoi tu as fait ça.

– Pour voir.

– Tu as vu. Et quel argent as-tu joué ? On ne va pas au casino les poches vides.

– Chaque mois, je reçois un mandat de mille dollars de ma mère.

– Et chaque mois, tu as joué cette somme ?

– Oui.

– Si je comprends bien, c'est loin d'être la première fois que tu triches ; c'est seulement la première fois qu'on te repère.

– C'est vrai.

– On rentre, tu prépares ton bagage et tu sors de chez moi.

– Non !

– Tu préfères que je te tape dessus ?

– Oui.

– Ce n'est pas mon genre, désolé.

– Je suis ton fils. Je le leur ai dit.

Joe devait sentir que c'était son unique atout.

– Je ne veux pas d'un tricheur pour fils.

– Je te jure que je ne le ferai plus.

– Tu es un menteur. Je ne te crois pas.

– Je te le jure sur ce que j'ai de sacré.

– Qu'est-ce qui est sacré pour toi ?

– Toi !

À cet instant, Joe pensait ce qu'il disait. Cela se sentait. Norman, bouleversé, garda le silence. Il finit par mettre le contact et roula jusqu'à la maison.

– Je reste ? demanda Joe.

– Tu restes. Mais si j'apprends que tu as replongé, je ne veux plus jamais avoir affaire à toi.

Le lendemain après-midi, la conversation reprit, calmée :

– N'as-tu pas des amis de ton âge ?

– Non. Je ne vais plus à l'école depuis long-temps. Et même à l'école, je n'avais pas envie de me lier.

– Pourquoi ?

– Je me sens tellement étranger aux gens de mon âge. De quoi pourrais-je parler avec eux ?

– Tu leur as montré tes talents de magicien ?

– Oui. Ç'a été pire que tout. Si tu leur fais un tour, ils ne sont capables que d'une réaction : « C'est quoi, le truc ? » Si tu leur expliques que c'est un cheminement personnel, des années d'efforts, le résultat d'une réflexion et d'une ini-tiation, ils décrochent aussitôt.

– Oui, les jeunes ne connaissent que l'immé-diateté.

– Moi aussi, je suis jeune.

– Tu es spécial, tu es appelé. C'est un privi-lège, il y a un prix à payer.

– Le prix à payer, c'est de voir que les autres sont des crétins ?

– C'est de ne voir que leurs côtés idiots.

– Il y a autre chose à voir ?

– Oui. Ne te fâche pas de ce que je vais te dire. Les jeunes ont une qualité que tu n'as pas, que je n'avais pas non plus à ton âge : ils sont sympathiques.

Joe encaissa.

– Es-tu sympathique à présent, Norman ? finit-il par demander.

– Pas très. Plus qu'avant, cependant.

– Qu'est-ce que c'est, être sympathique ?

– C'est avoir cet élan vers les autres, cette espèce de courant qui suscite l'affection.

– C'est grave de ne pas avoir cette qualité ?

– On peut avoir un excellent sens de la scène, être un fabuleux magicien sans être sympathique.

– Donc, ça ne sert à rien d'être sympathique.

– Les qualités, ce n'est pas fait pour servir à quelque chose. Veux-tu être quelqu'un de bien, oui ou non ?

– Toi, tu es quelqu'un de bien et tu es peu sympathique.

– On peut être mieux que moi. Regarde Christina : elle est sympathique.

Joe médita, les yeux au sol.

– Autre chose, dit Norman. Il faut régler le problème de l'argent.

– Tu veux que je te donne les mille dollars mensuels de mon mandat ?

– Non. C'est à toi. Mais sache ceci : l'argent, soit tu le mets de côté pour plus tard, soit tu le dépenses. Point final.

– Que veux-tu que je m'achète ? Je n'ai envie de rien.

– Alors garde-le pour l'avenir.

– C'est chiant.

– Je ne sais pas. Achète des cadeaux pour ceux que tu aimes.

– Qu'est-ce que tu voudrais ?

– Moi, rien. Pense à Christina. Il est facile de lui faire plaisir

Joe considéra Norman avec perplexité : « S'il m'y invite ! » pensa-t-il.

La spécialité mondialement connue de Reno est le divorce, raison pour laquelle les fleuristes n'y abondent pas : on est rarement civilisé au point d'offrir des fleurs à celle dont on vient de se séparer.

Néanmoins, il y avait quelques établissements qui vendaient surtout des couronnes pour les enterrements. Leur étonnement fut vif de voir arriver un gamin de quinze ans qui leur demanda ce qui pourrait plaire à une très belle jeune femme de dix ans son aînée.

– Votre grande sœur se marie ?

– Non. C'est une femme que je veux rendre heureuse.

Cette réponse admirable embarrassa les vendeurs. Joe décida qu'il n'avait pas besoin de leurs conseils de boutiquiers. Il regarda les fleurs et se livra aux délices de décréter lesquelles aimerait Christina.

Il choisit des pivoines chinoises d'un rouge rose qui lui semblèrent les fleurs les plus vivantes de toutes ; il les maria avec des asters, des glaïeuls et des arums, mais quand il contempla cette composition, il ne fut pas convaincu. Les nouvelles venues n'avaient pour effet que de souligner la splendeur des premières, lesquelles n'avaient pas besoin de cette comparaison : il les retira.

– Voulez-vous les faire livrer ? proposa la caissière.

Joe refusa, étonné que d'aucuns délèguent la meilleure part, à savoir le moment de l'offrande.

On vit marcher dans les rues de Reno une gigantesque explosion de pivoines montées sur jambes. Christina ouvrit la porte sur un bouquet qui dit :

– Aimes-tu les pivoines ?

– Je les adore. C'est un choix si original.

– Je trouve qu'elles te ressemblent.

– Tu me vois comme ça ? demanda Christina,

amusée d'être comparée à d'aussi énormes boules.

– Elles éclatent. Toi aussi.

La jeune femme sourit.

– Quelle est ta fleur préférée ?

– Je ne sais pas. Je connais si peu les fleurs.

– Pourtant, chez lez hippies, on les aime.

– Oui, mais sans les différencier. On prend les fleurs qu'on trouve, on les met toutes sur le même pied. Tu ne verras jamais un hippie chez le fleuriste.

– Et Norman, il ne t'en a jamais offert ?

– Il me semble que non.

Joe jubila : Christina lui avait gardé sa virginité florale.

Dès lors, il lui en acheta très souvent. Dès que le bouquet présentait le moindre signe de déclin, Joe courait chez l'un des trois fleuristes de Reno et choisissait. Il se décidait toujours pour des gerbes d'une seule espèce, afin que Christina puisse se familiariser avec chaque sorte. Il s'y connaissait aussi peu qu'elle et aimait perdre son ignorance au même rythme. C'était une initiation qu'ils vivaient ensemble et dont il se réservait cependant la mâle initiative.

– C'est encore pour cette femme ? ironisaient les vendeurs.

Il acquiesçait avec hauteur, conscient d'être l'objet de leur condescendance : « Vous ne voyez en moi qu'un gamin qui courtise une adulte ? Je vis avec cette femme des ivresses qui vous sont inconnues et qui présagent des extases supérieures. À l'âge où les garçons couchent n'importe comment avec la première morveuse disponible, moi, je me prépare pour de grandes choses. Rira bien qui rira le dernier. »

Christina confia à Norman son inquiétude :

– Ça doit lui coûter cher, ces fleurs. J'ai peur qu'il se ruine. D'où lui vient cet argent ?

– Ce sont les pourboires que lui versent les spectateurs de ses tours de magie, répondit Norman qui, par loyauté envers Joe, ne lui avait pas raconté l'affaire du poker tricheur.

– Ne devrait-il pas plutôt garder cet argent pour lui ?

– Écoute, il dépense son bien comme il veut et je trouve son attitude plutôt romantique.

En secret, Norman complimenta le gosse :

– Excellente idée, les fleurs. Christina est enchantée.

Joe se demanda si l'adulte était aveugle ou complaisant. Il se réjouit pourtant qu'il ne lui ait pas emboîté le pas en se mettant lui aussi à fleurir sa femme. Et en même temps, il méprisait Norman pour cela. « Tu ne la mérites pas », pensait-il.

Il savait que ce n'était pas vrai. Au fond de lui, il était persuadé que, de tous les hommes, Norman était le seul à avoir le droit de toucher Christina. Si elle était la plus belle, il était le plus grand, le plus magnifique, le plus sage. Comment osait-il se mesurer à cet homme-là ? Et surtout, comment pouvait-il imaginer que Christina, habituée à cet homme-là, voudrait de lui ?

L'adolescent avait observé les mœurs du couple : ils semblaient fidèles. Un matin, il se risqua à interroger Norman :

– Quand tu es en tournée, les femmes doivent te courir après ?

– Oui. Celles qui assistent à mes spectacles viennent m'attendre à la sortie de ma loge. Difficile de se dépêtrer : la magie, ça les rend folles.

– Parfois, tu es tenté ?

– Non. J'aime Christina qui les surpasse tellement. Et avant Christina, j'ai beaucoup vécu, si tu vois ce que je veux dire.

Joe voyait. Cette réponse le choqua. « Donc, si tu n'avais pas beaucoup vécu avant Christina… », entendit-il. « Mais moi, je n'ai rien vécu et je ne veux rien vivre d'autre qu'avec elle. »

Norman, qui ne comprenait pas la raison réelle de ce questionnement, acheva par ce grand classique :

– Profite de ta jeunesse. Amuse-toi avec toutes les filles que tu veux. Donne-toi du bon temps. Tu ne profiteras que mieux de ta maturité.

Joe quitta aussitôt la maison pour aller marcher dans la rue. Norman, surpris, se demanda si le garçon partait appliquer ses conseils sur-le-champ.

En vérité, le môme s'était échappé pour ne pas étrangler l'adulte. Le conseil l'avait mis hors de lui. Il arpenta la ville en hurlant intérieurement : « Tous les adolescents ne sont pas obligés de se conduire comme des porcs ! Toi, tu l'as fait, je ne suis pas forcé de t'imiter ! Tu me dégoûtes tellement que je te volerai ta femme pour te punir ! » Et en même temps, il souffrait de la fidélité de Norman : il aurait été choqué s'il avait trompé Christina, cela lui aurait donné un meilleur prétexte pour jouer les justiciers.

Quant à elle, il sut très vite à quoi s'en tenir. En l'absence de Norman, un joli garçon, lui aussi jongleur de feu, passa à la maison. Joe était dans sa chambre, il entendit des éclats de voix, une gifle puis une porte qui claqua. Il descendit au pas de course et trouva Christina tremblante. Elle se contenta de dire :

– Et ce salaud se prétend un ami de Norman !

Il aima son attitude, mais s'en désola aussi : « Je ne l'aurai jamais ! Elle jette dehors ce type qui est beau. Moi, en plus, je suis moche ! » À près de seize ans, il n'était pas gâté par la nature :

dans le miroir, il voyait un morveux malingre, pas en avance sur son âge, avec cet air de gaucherie propre à l'adolescence. « Personne ne voudrait de moi. »

Cependant, malgré son peu de vie sociale, il arrivait que des filles viennent s'offrir à lui, sous des prétextes grotesques : « Tu pourrais m'aider à porter les paquets jusqu'à la voiture » (en quoi fallait-il aider quiconque à une tâche aussi bête ?), ou : « Tu n'as pas envie de venir avec moi à la piscine », ou : « Tu peux m'expliquer comment fonctionne cette boussole. » Au lieu d'en profiter, ou au moins d'en tirer orgueil, Joe transformait ces avances en motifs de mépris. Il s'irritait de ce qu'il appelait « ces chiennes » ou « ces thons ».

Le pire, c'était quand Norman revenait de voyage. Joe épiait leurs retrouvailles qui ne manquaient jamais d'être grandioses. Christina se jetait dans les bras de son homme qui, après l'avoir longuement étreinte, prenait entre ses mains son visage, la regardait au fond des yeux, puis lui mangeait la bouche. Parfois même, quand le gosse affectait de ne pas les remarquer, Norman soulevait de terre le corps de l'aimée et

courait jusqu'à leur chambre. Ce que Joe éprouvait alors était pire que de la jalousie : il avait la
sensation qu'il n'existait pas – qu'il n'existerait
jamais.

Un jour d'été, au petit-déjeuner, Joe annonça :

– J'ai seize ans aujourd'hui.

– Bon anniversaire ! lui souhaitèrent Norman et Christina.

– Tu veux qu'on fête ça ? demanda Christina un peu plus tard.

– Non. D'habitude, je ne célèbre pas ce genre de choses.

– De quoi aurais-tu envie ? interrogea Norman.

Visiblement, l'adolescent avait prémédité sa réponse qui sortit aussitôt :

– Vous accompagner à Burning Man à la fin de ce mois.

– Non, dit Christina.

Joe s'attendait si peu à ce refus qu'il s'étrangla.

– Non, répéta Christina fermement, tu es encore trop jeune.

– Chaque année, des mômes y vont ! protesta Joe.

– Chacun fait ce qu'il veut avec ses gosses, dit Norman.

– En quoi ça vous dérangerait que je vienne ?

– Quand nous sommes à Burning Man, poursuivit le magicien, nous prenons des hallucinogènes. À ton âge, c'est interdit.

– Au vôtre aussi ! hurla Joe.

– Nous savons que c'est illégal. Seulement ça nous réussit, dit Christina. Crois-en mon expérience : en consommer à ton âge, c'est l'enfer garanti.

– Je m'abstiendrai.

– Tu ne pourrais pas t'empêcher de désobéir, continua Christina. Et ça te bousillerait.

– Tu y as bien survécu !

– Pas si bien que ça. Et par miracle.

– Qu'est-ce qui m'empêche d'en prendre ici ?

– Ici, c'est difficile à trouver. À Burning Man, il suffit de tendre la main.

– Franchement, m'avez-vous déjà vu m'intéresser à ces saloperies ? Je n'ai pas le profil.

– Ils ont tous dit ça, ceux qui sont devenus junkies.

Joe comprit que cette discussion était sans espoir. Abasourdi, il se demanda avec quels cinglés il vivait depuis près d'un an. Il avait l'impression d'être un fou de Dieu à qui on interdisait de partir en croisade, au motif qu'en Terre sainte, il courrait le grave risque de mordre au tabac à priser. L'incongruité des adultes le révolta.

Fin août, Norman et Christina partirent pour Burning Man, laissant à Joe la garde de la maison.

– Tu peux inviter des amis si tu veux, dit Christina.

– Ou des amies, ajouta Norman avec un clin d'œil.

« Ce balourd », pensa l'adolescent en regardant s'éloigner le véhicule.

Ce mois-là, il consacra l'argent qu'il dépensait en fleurs à l'achat de tous les livres où il était question de psychédéliques.

« Norman et Christina ont obtenu le résultat inverse de ce qu'ils espéraient, jubila-t-il. Moi

qui ne m'intéressais absolument pas aux sub-
stances illicites, voici que ça me passionne. »

Burning Man dure sept jours. Joe passa la
semaine entière à lire. Il apprit des choses qui
pourraient lui être très utiles.

Le couple revint avec un air d'épanouisse-
ment si absolu que c'en était insupportable.

– C'était bien ? demanda Joe, sarcastique.

Ils répondirent par des borborygmes éper-
dus.

– Je vois. Vous vous êtes éclatés, commenta-
t-il, en ayant l'impression d'être le seul adulte.

Norman se mit à rire sans répondre.

– Quand aurai-je le droit de vous y accompagner ?

– Avant tes dix-huit ans, n'y songe pas, lança
Christina qui venait de retrouver l'usage de la
parole. Idéalement, tu devrais attendre d'avoir
vingt ans.

– Dix-huit ans, maintint Joe avec la fermeté
de qui marchande sa survie.

– Va pour dix-huit, dit Norman.

Deux années à attendre. Pour n'importe qui, ce serait long. Pour Joe, c'était insoutenable. À seize ans, deux années, c'est une persécution. Ce qu'il attendait, ce dont il avait le besoin le plus violent, le plus obsessionnel, c'était posséder Christina. Il ne doutait pas d'y parvenir : il ne pouvait se permettre cette incertitude.

Si Joe avait été moins dément, il n'aurait pas englouti dans la frustration rageuse les deux années en question. Il aurait procédé comme n'importe qui en situation de latence : il se serait fait la main. Il aurait connu le temps aventureux de l'extrême jeunesse, avec ses coucheries, ses rencontres sans lendemain, ses lendemains ravis des aubaines de la nuit.

Fou amoureux de Christina, il se donnait ce haut motif pour castrer les années les plus sexuelles d'une vie humaine. Mais avec le même argument, il aurait pu défendre une hygiène radicalement opposée : n'est-ce pas une preuve d'amour que d'apprendre à devenir un bon amant ? Qu'y a-t-il de beau à vouloir offrir à l'élue les ardeurs niaises d'un puceau ?

Et c'est ainsi que de seize à dix-huit ans, Joe répéta ses gammes de magicien jusqu'à se les tatouer dans les nerfs, s'exerça à un nombre considérable de tours nouveaux, étudia avec Norman les pratiques de la scène, passa le permis de conduire, lut beaucoup de livres, se toucha peu et mal – bref, se sacrifia au nom d'un amour qui ne lui avait rien demandé.

Août 1998. Joe eut dix-huit ans comme d'autres achèvent une peine de prison.

Le jour de son anniversaire, il se regarda dans le miroir : «Suis-je désirable ?» s'interrogea-t-il. Impossible de le savoir. Il lui sembla être moins laid qu'avant. L'acné avait disparu, laissant place à une barbe qui méritait le rasoir.

– Voici ton cadeau, dit Norman en lui tendant une enveloppe.

À l'intérieur, Joe trouva un ticket pour Burning Man. « Et c'est lui qui me l'offre », pensa-t-il.

Le 28 août, ils parcoururent à trois les cent soixante-dix-sept kilomètres qui séparent Reno de Black Rock City. La route elle-même prit deux heures ; l'entrée de Burning Man, à cause de la file ininterrompue de véhicules, en dura quatre.

Arrivés au milieu de la nuit, ils installèrent la tente à la hâte, se couchèrent et s'endormirent aussitôt. Vers onze heures du matin, Joe sortit et découvrit enfin le site du festival le plus radical de cette époque : le désert de Black Rock, gigantesque cratère de poussière blanche entouré de montagnes décharnées.

Pas l'ombre d'une vie ni d'une construction en dehors de l'immense campement : on eût cherché en vain un cactus, un serpent, un vautour ou une mouche, ni route ni piste, que du sable.

« C'est donc ici que je vais vivre ma première expérience sexuelle », se dit Joe avec une assurance vieille de deux ans. Ce lieu si peu terrestre lui parut idéal : le sexe, ce devait être une autre planète.

Une permanence décibélienne était assurée par la moitié de la population de Black Rock City, soit un peu plus de dix mille musiciens ou assimilés. En une semaine, il ne faudrait pas compter sur une seconde de silence. Jour et nuit, des génies ou des médiocres, mais plus souvent des génies, donnaient le meilleur d'eux-mêmes au violon, à l'ukulélé, à la basse, aux synthétiseurs, aux platines ou à la voix. Des enceintes géantes relayaient les créations des uns et des autres et il fallait s'habituer à cette polyphonie constante. Des oreilles neuves comme celles de Joe ne pouvaient différencier les sons et toutes ces musiques montaient vers lui, unifiées en un son gigantesque qu'il identifierait au bruit de Burning Man.

Il se pencha pour prendre du sable dans sa main : il sut que ce n'en était pas. Le sable était moins fin et provoquait un effet abrasif : ceci était de la poussière, d'une finesse et d'une douceur presque insupportables. Cette poudre blanchâtre laissait sur la peau une sensation de savon. L'eau n'en débarrassait pas : seul le vinaigre en venait à bout.

À onze heures du matin, il faisait chaud, mais c'était très agréable. Un vent sec soufflait parfois, déplaçant des nuées de poussière : Joe mit ses lunettes de ski.

Christina sortit de la tente et l'embrassa :

– Le premier matin à Burning Man est le plus beau. Tu m'aides à préparer le petit-déjeuner ?

Ils avaient apporté de l'eau et de la nourriture pour sept jours. Sur des réchauds, ils se firent des œufs au bacon et du café. Norman les rejoignit et ils mangèrent au soleil.

– Et maintenant, je t'offre avec trois semaines de retard mon cadeau d'anniversaire, dit Christina.

Elle alla chercher un vélo vert pomme, décoré de fourrure synthétique et de marguerites plastifiées.

– Avec ça, tu vas où tu veux.

Joe remercia, n'osant demander si elle l'avait acheté à sa mère. Il partit aussitôt l'essayer. Le vélo est le principal mode de locomotion à Black Rock City. Il découvrit l'ivresse de rouler dans une ville provisoire, d'en sortir et d'aller aussi loin qu'il est possible : il voulut rouler jusqu'aux montagnes abruptes et s'aperçut qu'elles étaient très éloignées. Il abandonna le vélo, grimpa sur les premiers contreforts et vit la forme de la ville : deux tiers de cercle disposés en théâtre antique autour de l'immense statue du Man, l'homme promis aux flammes.

Derrière le Man, il y avait le Temple, la plus belle construction, que l'on brûlerait le dernier jour. Il remonta sur son vélo et roula vers Black

Rock City. Plus il s'approchait, plus tout cela lui semblait un mirage.

Dans une des rues qui quadrillaient l'immense camp, un type se jeta sur lui.

– Mon ami, tu ne peux pas rester comme ça. Regarde-toi : tu es trop mal habillé. Laisse-moi m'occuper de toi.

– Je n'ai pas d'argent, balbutia Joe.

– De l'argent ? Ne prononce plus jamais ce mot. L'argent n'existe pas ici. Je veux t'offrir des vêtements.

Il suivit l'homme dans sa tente. L'inconnu fouilla un coffre et en sortit une jupe à pois et un caraco doré.

– Enfile ça par-dessus ton jean et ton T-shirt.

Joe s'exécuta.

– Voilà. À présent, tu es magnifique. Veux-tu coucher avec moi ?

– Non.

– Pas de problème. Amuse-toi, maintenant que tu es beau.

Joe continua sa promenade, enchanté par la simplicité des mœurs. Certains se promenaient tout nus, dont quelques filles canon qu'il regarda avec stupéfaction. Mais la plupart étaient habillés à la mode locale : tutus roses, queues-de-pie jaune à rayures violettes, bottes de fourrure synthétique orange.

Les tentes-ateliers foisonnaient, proposant par des affiches les thèmes de réflexion : « Atelier de discussion sur la nature de la matière », « Atelier de peinture corporelle », « Atelier de sexe tantrique ». Celui qui retint le plus Joe fut : « Ici, on tresse les poils pubiens. » Il resta longtemps devant la tente, à se demander quel effet cela ferait sur lui et ce qui l'empêchait d'entrer. Il s'abstint : il n'avait jamais montré son sexe à personne et s'en sentait incapable.

Dans une ville de plus de vingt mille habitants, retrouver sa tente n'allait pas de soi. Chacun recevait une adresse digne d'un coup à la bataille navale : A5, I12... Les deux tiers de cercle étaient sillonnés verticalement et horizontalement de lettres et de chiffres. Joe retourna à F6 sans problème. Norman le força à boire un peu d'eau :

– On ne sent pas forcément la soif, mais ton corps l'éprouve.

– Où est Christina ?

– Elle répète pour ce soir avec les *fire dan-*

cers. Ce sont les principales représentations de l'année pour eux.

– Est-elle bien payée ?

– Personne ne l'est. Mais ici, elle jongle devant un public averti, qui a une vraie passion pour le feu. C'est comme chanter du Wagner à Bayreuth : il y a une telle volupté à prester devant des connaisseurs que tu n'as pas besoin d'une autre rétribution.

Joe allait enfin la voir exercer son art : il avait refusé les nombreuses occasions précédentes, comme ses spectacles à Reno. Il avait préservé pour Burning Man toutes ses virginités.

La fête ne s'interrompait jamais, mais c'était la nuit qu'elle donnait sa mesure. On attendait le coucher du soleil pour allumer l'élément sacré du festival : le feu. Il prenait les formes les plus diverses – braseros, torches, bûchers, lance-flammes – en fonction des combustibles : charbon, poix, bois, propane. Il devenait d'autant plus indispensable que la température chutait.

Le feu était brandi, sculpté, façonné, craché et jonglé. Des techniciens du monde entier venaient montrer à Black Rock City leurs nouvelles créations : un Indien avait installé un immense barbecue et distribuait des piques de métal afin que les gens puissent écrire dans les braises des mots incandescents, qui rougeoyaient pendant quelques secondes d'absolu. Un Italien avait bâti une fontaine de feu grégeois. Un artiste lapon exposait ses statues animalières ourlées de bouches de propane igné : tout le bestiaire du feu.

Sur un côté de la grande agora, on avait élevé une scène pour le spectacle le plus attendu. Joe et Norman grelottaient dans leur parka, debout devant les tréteaux : l'unique manière de réserver la place était d'y être le premier.

Vers minuit, les premiers jongleurs se produisirent. Des hommes couleur de poussière montrèrent comme un catalogue les manières de jouer avec le feu : torches, pistolets à propane, bâtons aux extrémités enflammées, *bolas*. Pendant le premier quart d'heure, leur talent fut occulté par la frayeur du public ; une personne normale qui assistait à cela ne pouvait penser que : « Comment ces gens osent-ils prendre des risques aussi colossaux ? » Les jongleurs en avaient conscience et ne montraient pas d'emblée que leur but était la beauté.

Joe se posa la question inévitable : « Que se

passe-t-il dans la tête d'un humain qui décide qu'il vouera sa vie à une technique aussi dangereuse ? » Lui aussi avait choisi de se consacrer à des manipulations difficiles, au moins n'y fragilisait-il pas sa santé. Le péril n'était pas illusoire : chaque année, un *fire dancer* se retrouvait à l'hôpital au service des grands brûlés. Cela correspondait forcément à un désir de transgression des plus archaïques : à tous les enfants de la terre, on a ordonné de ne pas jouer avec les allumettes. La pyromanie est l'un des instincts les plus profonds de l'espèce : rien ne fascine comme le feu.

Jongler revient à nier tant la pesanteur que la multiplicité des choses. Le pari du jongleur est d'assurer le mouvement perpétuel et aérien d'une matière lourde et nombreuse. L'esprit n'a ni poids ni chiffres, il est indénombrable. Jongler déguise la matière en esprit en conférant à celle-ci les propriétés de celui-là. Le jongleur doit avoir la tête aussi rapide que les mains, doit calculer le temps que prendra la chute de chaque objet et accorder son geste à son estimation.

Le jongleur de feu ajoute à ce pari une clause démentielle : la matière, outre son poids et son nombre, possède un danger. Si cette propriété demeure plus d'une fraction de seconde en contact avec le corps, il brûle.

Quant au danseur de feu, c'est le fou absolu : c'est un jongleur de feu qui fait de sa technique un acte total, non pas seulement accomplir des prodiges avec ses bras, mais incarner le miracle de la tête aux pieds.

Depuis Nietzsche, on sait que Dieu danse. Si Nietzsche avait pu aller à Burning Man, il aurait connu l'existence d'une espèce supérieure de divinité, qui danse avec pour partenaire le meilleur danseur de l'univers : le feu.

Les *fire dancers* n'ont pas créé leur art pour le plaisir un peu vulgaire de faire du trop difficile. Il y a une logique profonde à associer ces deux dieux, la danse et le feu. Regarder de grands danseurs provoque le même émoi que regarder une bûche enflammée : le feu danse, le danseur brûle. C'est le même mouvement, aussi hirsute qu'harmonieux. C'est le combat sans vainqueur entre Dionysos et Apollon, l'alternance continuelle du danger et de la maîtrise, de la folie et de l'intelligence, du désir et de la plénitude.

Les langues ont tour à tour leur supériorité.

En l'occurrence, l'anglais l'emporte sur le français : *fire dancer*, c'est tellement mieux que danseur de feu. Pauvre français de besogneux
analytique, qui doit établir un constat d'accident
– un complément déterminatif – est-ce un génitif objectif ou subjectif ? Qu'est-ce que la grammaire vient faire entre deux divinités ? C'est
l'anglais qui a raison, il faut jeter les deux mots
l'un contre l'autre – et qu'ils se débrouillent – et
aussitôt ils crépitent ensemble.

Quand la terreur des spectateurs fut apaisée, les vrais artistes entrèrent en scène. Plusieurs danseurs en jetèrent plein la vue. Tout le monde attendait pourtant les danseuses.

C'est une généralité : à talent égal, une artiste déclenche une espérance plus absolue que son équivalent masculin. Cette loi n'empêche pas que déferlent ensuite les distorsions auxquelles des millénaires de misogynie nous ont habitués. Mais on ne peut rien contre cette donnée première.

Quelques danseuses apéritives, histoire de chauffer l'assemblée, jonglèrent à trois avec une vingtaine de torches, tout en exécutant des sauts périlleux pendant qu'une consœur gardait le troupeau en les encerclant de coups de pisto-let à propane. C'était charmant. Il y eut des cris de joie dans le public.

Arriva la première soliste, une Asiatique souple comme un chat qui, au son de mélopées chinoises, exécuta une chorégraphie d'une complexité d'autant plus effarante qu'elle jonglait avec des cerceaux enflammés : ceux-ci transitaient régulièrement par sa bouche, pour le plus grand malaise des spectateurs qui à chaque fois mettaient les mains sur leurs lèvres. On redoutait le pire, qui fut atteint quand elle regroupa les sept cerceaux et se jeta au travers de leur étroit diamètre. Il y eut un tonnerre d'applaudissements et Joe souffrit : Christina ne pouvait pas surpasser cette femme.

Ce fut alors qu'elle apparut et qu'il mesura son erreur. Joe comprit aussitôt que la précédente était une acrobate et que celle-ci était une danseuse.

Vêtue d'un simple maillot blanc à longues manches, Christina entra en scène, entourée du tourbillon des *bolas* enflammés. Le désert entier retentit du *dubstep* répercuté par les enceintes : aucune musique ne parle autant au ventre, et c'est au ventre que s'adressa la danse de Christina. Une sinuosité s'empara de son corps flexible et ne le lâcha plus.

Le suprême objet de la danse est la monstra-
tion du corps. Nous vivons avec ce malentendu
que chacun possède un corps. Dans l'immense
majorité des cas, nous n'occupons pas ce corps,
ou alors si mal que c'est une pitié, un gâchis,
comme ces superbes *palazzi* romains qui servent
de sièges à des multinationales quand ils étaient
destinés à être des lieux de plaisir. Personne
n'habite autant la totalité de son corps que les
grands danseurs.

Le corps de Christina présentait une si forte
densité d'elle-même qu'on aurait pu s'éprendre
aussi violemment de son orteil que de ses cheveux. Joe frémit de honte à l'idée que pendant
trois années de cohabitation, il s'était résumé le
corps de Christina à sa minceur. Mince,
Christina ? Il n'en était plus sûr. Car si elle était
la sveltesse même, elle dégageait un tel impact
charnel, une telle charge sensuelle qu'apparais-
sait sa véritable nature de génie sexuel.

On éteignit. Il n'y eut plus que les *bolas* de la
danseuse qui éclairaient tour à tour sa jambe
arquée, son dos cambré et son épaule savante.
Soudain, les yoyos de lumière se muèrent en poi-
gnards de flammes – les gestes ondulants de ses

bras devinrent lacérations, comme si Christina cherchait à déchirer les ténèbres. La violence de cette ménade arracha à l'assemblée des borborygmes de jouissance.

En état second, Joe purgeait les années de frustration sexuelle qu'il s'était infligées et sentait ses entrailles se transformer en brasier : « J'ai bien fait d'attendre, se disait-il. J'ai souffert mille morts, mais il fallait que ce soit elle et il fallait que ce soit ici. » Ici était cette obscurité qu'il pouvait mesurer au son du *dubstep* qui cognait les montagnes et se répercutait jusqu'aux omoplates de Christina.

Ni les hommes ni les femmes ne songeaient à cacher le désir que la transe de la danseuse leur inspirait. Quelques spectatrices se déshabillèrent, comme si c'était la seule façon d'exprimer un si grand enthousiasme.

– *Get undressed !* cria une voix dans l'assemblée, bientôt reprise par cent autres.

Joe eut affreusement peur que Christina obéisse à cette injonction. Toutes les femmes de la terre pouvaient être nues, cela ne le dérangeait pas. Mais il savait que la nudité de Christina le rendrait fou et il savait qu'il ne supporterait pas de la partager.

On ralluma les spots.

– *Yeah, get undressed in the lights !* hurlèrent les spectateurs.

– Comme s'il y avait moyen de se déshabiller quand on a des *bolas* à chaque main, murmura Norman à l'oreille de Joe.

« C'est vraiment l'unique détail qui te gêne ? » pensa le puceau.

C'est alors que Christina prouva son génie : d'un seul geste, elle défit son chignon et libéra une chevelure si longue qu'elle risquait de prendre feu à chaque révolution des *bolas*.

La splendeur de cette offrande et du danger qui l'accompagnait stupéfia le public : aucune nudité n'arriverait à la cheville de ce péril. Dans la caresse de ses cheveux, elle poursuivit sa danse et son corps entier claqua comme un fouet.

Quand elle quitta la scène, Joe s'effondra. Entra la dernière danseuse, armée d'un bâton de deux mètres, aux extrémités enflammées. Elle était nue, pour la satisfaction des gens et l'indifférence du garçon. Il s'éloigna de la foule et se laissa tomber dans le sable.

Que faisait-elle à présent ? Norman l'avait rejointe avec une parka pour la réchauffer, il devait être en train de l'embrasser, de lui dire combien elle avait été prodigieuse. Joe s'efforça d'ignorer la suite.

Il ne voulut pas retourner dans leur tente. Christina et Norman prendraient cette absence pour de la délicatesse. Peut-être le suppose-raient-ils en bonne compagnie. Il marcha au hasard, croisant des véhicules mutants qui l'invi-tèrent à leur bord ; il finit par sauter dans une libellule roulante qui le ramena en ville. Une nymphe vêtue d'une minijupe de fourrure lui demanda s'il était libre.

– Non ! répondit-il avec véhémence.

– Tu n'es pas obligé d'être impoli, dit-elle.

Il la traita intérieurement de tous les noms et se rapprocha d'un brasero à côté duquel som-meillaient plusieurs zombies qui avaient fumé du pneu. Il s'affala dans un fauteuil et, à la faveur de cette haleine brûlante, s'endormit.

Quand il s'éveilla, le feu n'était pas éteint. Le soleil était déjà haut et les soudards avaient disparu. La sensation familière qu'au matin il avait entre les jambes s'accompagnait d'un torrent de haine.

De retour, il trouva le couple endormi en position de cuillers. Écœuré, il sortit et prépara le petit-déjeuner à grand fracas. Christina le rejoignit et l'embrassa.

— As-tu passé une bonne nuit ? demanda-t-elle d'une voix trop heureuse.

— Ça va. Au fait, je ne t'ai pas remerciée pour hier soir.

— Hier soir ?

— Ton spectacle. Je n'ai jamais rien vu d'aussi beau.

— Tu es gentil.

— Non.

Norman vint manger avec eux.

— Quand prendrez-vous des psychédéliques ? interrogea Joe.

— Mercredi soir, dit-elle.

— Pourrai-je être des vôtres ?

Elle regarda Norman qui déclara :

— Si tu veux. Auparavant, tu devrais peut-être te renseigner.

– J'ai lu tout ce qu'on peut lire là-dessus.

On était mardi.

Mercredi midi, Christina ne digéra pas un curry qu'une voisine lui avait fait goûter. On remit le plan au lendemain.

Jeudi soir, à vingt-trois heures, Norman sortit sa provision de buvards.

– Combien de microgrammes donneras-tu à Joe ? demanda Christina.

– De microgrammes de quoi ? interrogea le garçon.

– Je pensais que tu savais tout sur le sujet, dit Norman. Une seule chose au monde se calcule en microgrammes, raison pour laquelle on ne précise jamais de quoi.

– À plus forte raison s'il s'agit de buvards, ajouta Christina.

– Du LSD, dit Joe vexé.

– Bien sûr. Cent microgrammes ? proposa-t-elle

– Vous en prenez combien vous ?

– Norman cinq cents. Moi trois cents.

– J'en veux deux cents.

Norman lui tendit deux buvards. Joe fit semblant de les mettre dans sa bouche et les glissa dans la poche arrière de son jean.

— Tu peux encore les recracher si tu veux, dit Christina en mâchonnant ses trois buvards.

— Pourquoi ? demanda Joe en simulant la mastication.

— C'est une expérience magnifique, mais éprouvante.

— Ça va, je sais.

— Laisse-le, sinon, il va nous faire un *bad trip*, intervint Norman.

Les buvards furent vite avalés.

— Pendant au moins vingt minutes, tu ne ressentiras rien, dit Christina.

— J'ai lu *Acid Test*, lança Joe avec un peu d'humeur.

— Très bon livre. Dommage que son auteur n'ait jamais touché au produit dont il parlait, ironisa Norman.

Joe pensa qu'il se conduisait comme Tom Wolfe et regarda les deux junkies avec mépris : « Je ne serai jamais comme vous », se dit-il. L'instant d'après, il s'en voulut de mépriser la femme qu'il désirait et décida de réserver à Norman ce sentiment.

— Il y a deux ans, tu m'avais dit qu'ici on me proposerait des psychédéliques à tire-larigot. Je ne l'ai pas constaté, déclara Joe.

— C'est que tu ne t'es pas lié à grand monde, dit Norman.

Le diagnostic était exact. Joe se tut, pas très fier de lui. Il pouvait encore retirer les buvards de sa poche et les avaler. Mais c'était contraire à ses plans. Par ailleurs, il tirait orgueil de ne pas être un drogué, lui.

— Je propose qu'on sorte, dit Christina. C'est mieux d'être dehors pour décoller, surtout ici. Couvre-toi bien, ça donne froid.

La nuit battait son plein. Chaque personne qu'ils croisaient était un spectacle.

— Comment sait-on qu'on a des visions ? À Burning Man, tout a l'air d'en être une, dit Joe.

— Excellente remarque. Il n'empêche que quand tu décolleras, tu verras la différence, répondit Norman.

Un cracheur de feu rota tout près d'eux. Son haleine empestait le propane.

— En voilà des manières, lui dit Christina.

— Désolé, s'excusa-t-il. J'ai beau savoir qu'il

vaut mieux ne pas boire de soda quand on va travailler, je n'ai pas pu m'en empêcher.

– Il a pris du LSD, lui aussi ? demanda Joe.

– Impossible, répondit Christina. Tu ne peux pas exercer un métier dangereux sous acide.

– Alors pourquoi est-il bizarre ?

– Tu le trouves bizarre ?

– Tout le monde a l'air bizarre.

– Pourtant, il est statistiquement impossible que tout le monde ait pris du LSD en même temps, vu qu'on ne peut pas en prendre deux jours de suite. Mais ne sous-estime pas le pouvoir du contact *high*.

– Qu'est-ce que c'est ?

– C'est une sorte de contagion mentale. Quand beaucoup de gens sont sous acide quelque part, même ceux qui ne le sont pas ont l'impression de triper.

« Me voici prévenu, pensa Joe. Il faut que j'évite ça. Je veux rester lucide. »

Ils arrivèrent au Nexus, une boîte de nuit dans une sphère de barres métalliques que l'on pouvait escalader comme des singes. Des enceintes envoyaient du *dubstep* à plein régime. Au sol, les danseurs regardaient ceux qui, suspendus par les genoux à la structure du plafond, se bécotaient.

Norman et Christina dansèrent. Ils bougeaient si bien que Joe n'osa pas se lancer. « Pourquoi est-ce que je me compare sans arrêt aux autres ? » enragea-t-il.

– Je me sens mal, dit-il au couple.

– C'est normal, tu es en train de décoller. Profite !

– Je me sens très très mal, continua-t-il.

– Bon. Je vais un peu m'occuper de lui, dit Christina à Norman. Reste, je te rejoins très vite.

Elle enlaça le garçon et l'emmena à l'écart.

– Il y avait peut-être trop de bruit pour toi, dit-elle. Moi, j'ai décollé à fond. Tu vas voir, c'est génial.

– Raconte, dit Joe qui, mine de rien, la guidait vers l'extérieur de la ville.

– J'ai l'impression d'avoir quatre ans. Les moindres choses me font un effet énorme, tout est un mystère sublime. Les couleurs sont beaucoup plus fortes. J'ai une vitalité surpuissante. Et toi ?

– Seulement envie de vomir, mentit-il.

– Ça va passer. Tiens, bois de l'eau, dit-elle en lui tendant sa gourde.

Ensuite, elle en but une gorgée.

– C'est tellement bon, cette eau ! s'extasia-
t-elle.

Joe, qui venait de goûter à cette flotte tié-
dasse, envia l'état de Christina.

– Je crève de froid, se plaignit-il.

– Normal. Je te réchauffe.

Elle ouvrit son manteau, serra le garçon contre
elle et referma sur lui l'étreinte de la parka.

– Ça y est, je tripe, dit Joe qui, pour le coup,
n'avait pas l'impression de mentir, car il sentait
le corps de sa bien-aimée contre le sien.

– N'est-ce pas merveilleux ?

– Oh oui, c'est mieux que tout ce que j'avais
imaginé !

Ils étaient seuls au milieu du désert. Une lune
pleine entourée d'un nuage de la dimension d'un
kleenex diffusait une lumière de chef opérateur
surdoué.

– C'est trop beau, dit Joe.

Christina découvrit le désir de Joe avec autant
d'extase que le halo autour de la lune. Elle était
dans cet état d'acceptation absolue et de réjouis-
sance universelle caractéristique de l'acide bien
toléré.

Les vêtements tombèrent, puis les corps, accueillis par la poussière. Ce que Joe retenait depuis si longtemps s'était métamorphosé en haine ; Christina le transforma en plaisir. Elle alla chercher la frustration accumulée dans les muscles de son amant et de ce plomb, elle fit de l'or.

Joe eut l'impression d'être le feu avec lequel elle dansait. Elle le dirigeait si bien que, parfois, il connut le bonheur d'être une fille.

– Qui es-tu ? demanda-t-il.

– Je suis nombreuse.

Elle n'avait pas de limites ; il quitta ses frontières intérieures.

– Tu as tant de visages, dit-elle.

– Je n'avais pas de visage avant cette nuit.

Elle ne comprit pas l'aveu dissimulé dans cette phrase. Elle était si douée qu'elle donnait du talent à Joe : jamais elle n'aurait pu croire qu'il s'agissait de sa première fois.

Dans l'excès de sa jouissance, il ne put empêcher le jaillissement de paroles d'amour : elle les reçut avec une telle bienveillance qu'il ne se sentit pas ridicule.

Les bruits de fête permanente de Burning

Man leur parvenaient sous forme d'une percussion lointaine qui rythmait leurs ébats, comme leurs propres pulsations cardiaques.

Leur peau, savonnée par le désert, en avait aussi pris la dimension : c'était le territoire immense de la volupté.

Malgré les cinq cents microgrammes de LSD qui étaient en train de le moudre, Norman finit par s'apercevoir de l'absence de Christina.

« Elle avait dit qu'elle me rejoindrait très vite », se rappela-t-il. Il supposa que Joe avait fait le *bad trip* du siècle et qu'elle l'avait ramené au campement. Norman trouva la tente vide.

Il arpenta la ville. Autant chercher une aiguille dans une botte de foin. Mais l'acide lui donna de l'intuition : la lune était magnifique et il marcha vers le lieu qui lui parut le plus propice à sa contemplation.

La lumière du satellite dénonça les corps nus des amants. Joe, effrayé, décida de calquer son attitude sur celle de Christina : celle-ci vivait la profonde innocence du LSD et, sans quitter son étreinte, dit :

– Norman, viens, nous faisons l'amour !

– Je vois ça, répondit-il.

Joe entendit qu'il était choqué. « Ce n'était donc pas prévu dans leurs accords », pensa-t-il.

En vérité, il n'existait pas d'accord entre Norman et Christina : ils s'aimaient au point que coucher avec un ou une autre ne leur serait jamais venu à l'esprit. Et le LSD n'empêcha pas Norman de souffrir.

Il se força à comprendre : « Si j'étais monté aussi haut qu'elle, je ne verrais pas le mal non plus. Quant à Joe, c'est un gamin qui prend de l'acide pour la première fois. D'ailleurs, c'est moi qui le lui ai donné ; j'aurais dû prévoir ce qui allait se passer. »

– Bon, je vous laisse, dit-il.

– Non, Norman, ne pars pas ! s'écria Christina. Tu m'as tellement manqué !

– Je ne crois pas.

Elle dut s'apercevoir de la bizarrerie de la situation car elle éclata de rire, d'un rire d'une fraîcheur inimaginable. Joe l'imita. En entendant son rire d'adulte, si éloigné de celui de Christina, Norman se figea.

Il courut vers eux, attrapa Joe et regarda

ses pupilles à la lumière de la lune : elles étaient rétractées. Pour être sûr, il regarda aussi celles de Christina : elles étaient totalement dilatées.

– Mon vieux, je vois clair dans ton jeu, dit Norman.

– Qu'est-ce qu'il y a ? demanda Joe en mimant ce qu'il pensait être une voix de drogué. Tu te joins à nous ?

– Toi et moi, demain, nous parlerons d'homme à homme.

Il s'en alla. Christina courut jusqu'à lui.

– Je veux être avec toi, dit-elle.

– Alors, rhabille-toi.

Elle enfila ses vêtements et glissa sa main dans la sienne.

– Tu es fâché, Norman ? interrogea-t-elle.

– Non.

– Il ne faut pas en vouloir à Joe. Il est sous LSD, tu comprends.

– Oui, Christina.

– Et moi aussi.

– Je ne t'en veux pas du tout.

Il ne mentait pas. En revanche, il avait envie de casser la gueule à Joe.

Celui-ci, resté seul, sut que l'explication du lendemain serait musclée. Il n'en fut que plus heureux. Ce qu'il avait connu avec Christina avait dépassé ses espérances et lui demeurerait acquis pour toujours. La colère de Norman exaltait sa joie : elle prouvait qu'il s'était conduit en homme. Il en avait la sensation dans son corps entier. Une jubilation mâle circulait dans son sang et l'idée de se battre avec Norman la portait à son comble : c'était exactement ce qu'il voulait. Les bras en croix, il regardait le ciel.

Pour la première fois de sa vie, Norman avait hâte d'être débarrassé des effets de l'acide. Par amour pour Christina, il feignit l'insouciance. Il simula l'extase quand, juché avec elle sur la citerne du camion vidangeur des toilettes, ils assistèrent au lever du soleil sur le désert.

À onze heures du matin, ils se couchèrent dans la tente pour dormir : il serra son corps contre le sien et sut que rien n'avait changé. Le sommeil fut lent à venir à cause de l'acide. Ils s'éveillèrent à dix-sept heures.

Norman regarda les couleurs autour de lui : elles étaient redevenues stables. Il sut que son esprit n'était plus sous influence et annonça à Christina qu'il allait se promener.

« Ce lâche de Joe n'est pas là, naturellement », pensa-t-il. Il eut l'idée de retourner à l'endroit du désert où, cette nuit, il avait retrouvé les amants. Le garçon l'y attendait, assis en tailleur dans la poussière. Il s'était protégé la tête du soleil à l'aide de sa jupe.

– Salut, Norman, dit-il avec un grand sourire.

Son air triomphant irrita l'homme qui tendit la main :

– Rends-moi les buvards.

Joe les tira de sa poche et les lui jeta.

– Nous sommes quittes ? demanda-t-il.

– C'est ça. Personne ne te forçait à avaler ces buvards. Pourquoi as-tu fait semblant ?

– À ton avis ?

– C'est bien ce que je pensais. Donc, il y a eu préméditation. Depuis quand préparais-tu ce plan ?

– Depuis deux ans.

– Deux ans ! Je ne savais pas que tu me détestais à ce point.

– Ça n'a rien à voir avec toi.

– Alors, c'est encore plus grave. Je ne savais pas que tu désirais Christina à ce point.

– Je l'aime d'amour fou depuis près de trois ans.

L'instant d'avant, Norman voulait lui casser la gueule. Soudain, il vit devant lui un enfant et s'assit à ses côtés.

– Mon pauvre garçon.

– Ne me plains pas. Cette nuit, j'ai connu ce qu'il y a de plus beau. Tu ne mérites pas ta femme.

– Tu as raison. Et toi, tu la mérites ?

– Moi au moins, je ne me suis gardé puceau pour elle.

– Quoi ? C'est pas vrai !

– En soi, être puceau n'a aucun intérêt. C'est que je refuse de coucher avec une autre. Personne n'a eu une première fois aussi grandiose que moi cette nuit.

Norman n'entendait plus les provocations de Joe. Il s'inquiétait réellement pour lui.

– Et maintenant, que comptes-tu faire ? demanda-t-il au garçon.

– Ça dépendra de Christina. J'imagine que tu l'as quittée.

— Ça va pas, non ?

— C'est elle qui t'a quitté ?

— Tu es fou.

— Vous allez rester ensemble après ce qui s'est passé ? Vous pratiquez l'amour libre ou une idiotie de ce genre ?

— Nous pratiquons ce que nous voulons, ça ne te regarde pas.

— Mais j'ai encore envie de Christina, moi ! Tu vas lui interdire de me voir ?

— Je ne lui interdis rien, je ne la possède pas. Quoi qu'elle décide, il faut que tu couches avec d'autres filles, tu sais.

— Évidemment : c'est ton intérêt. Jamais je ne coucherai avec une autre.

— Ce n'est pas mon intérêt, c'est le tien, dit Norman. Pour moi, qu'est-ce que cela change, que tu couches avec Christina une ou cinquante fois ?

Il ne pensait pas un mot de cette dernière phrase, mais il savait que lui interdire sa femme était le moyen le plus sûr de figer son obsession. Il continua :

— C'est pour toi que ça change tout. Ton cas

111

est classique, répertorié : les adolescents qui se vouent au culte exclusif d'une femme unique deviennent inévitablement le genre de vieux pervers qui se tapent des gamines. Veux-tu, à soixante ou soixante-dix ans, faire la sortie des écoles ? Tu es sur la voie.

Joe le regarda avec un dégoût haineux.

– Mais oui, je sais, ton amour est tellement pur, poursuivit Norman. Pourtant, ce que je t'annonce est la stricte vérité. Si avant l'âge de vingt ans tu ne couches pas avec des filles de ton âge, ça te rattrape cinquante ans plus tard. Et ce qui est si cool de la part d'un garçon est bien moche de la part d'un vieillard.

– Tu inventes n'importe quoi pour que je ne couche plus avec Christina.

– Couche avec Christina si tu veux (« si elle veut », pensait-il). Ne couche pas seulement avec elle. Pourquoi ce monothéisme ? Regarde autour de toi. À Burning Man, la moitié des filles sont des canons. Et toutes sont disponibles.

Norman le planta là, histoire de ne pas laisser revenir son besoin de lui casser la gueule.

De retour dans la tente, il trouva Christina.

– Où est Joe ? demanda-t-elle.

– Il s'amuse.

– Il ne va pas rentrer tout de suite, alors ?

– Pourquoi cette question ?

En guise de réponse, elle lui sauta dessus.

Le lendemain matin, Norman aimait le monde entier. Devant lui, Joe aidait Christina à préparer le petit-déjeuner : son air empressé lui inspirait de l'attendrissement : « C'est mon fils, pensait-il. Il l'est plus qu'avant. Ce qui s'est passé l'a prouvé. » Il l'aimait d'autant plus qu'il avait réussi à dépasser sa colère : grâce à cette épreuve, il se découvrait meilleur.

Jamais son amour pour Christina n'avait été aussi fort. Celle-ci parlait à Joe avec la gentillesse d'une grande sœur : « Pourvu qu'il ne trouve pas ça trop pénible ! » s'émouvait Norman, non sans une pointe de jubilation.

Le garçon divisa les œufs brouillés en trois parts et tendit son assiette à son rival de la veille, de la façon la plus ordinaire. Ils mangèrent sans parler, comme une famille.

Quelques heures plus tard, Christina vit

déambuler Joe bras dessus bras dessous avec une fille de seize ou dix-sept ans, pourvue d'une coiffure tribale. Elle courut en informer Norman qui se réjouit autant qu'elle.

« Un problème aussi colossal qui se règle aussi vite, réfléchit-il, est-ce que ça cache quelque chose ? » Il ne vit aucun moyen d'en parler à Joe. Ce fut celui-ci qui vint le trouver.

– As-tu répété à Christina ce que je t'ai dit l'autre jour ?

– Pas un mot. Elle ne sait même pas que tu n'avais pas pris d'acide.

– Pourquoi ?

– Je ne trouve pas indispensable qu'elle soit au courant.

– Qui protèges-tu ?

– Elle. Toi. Moi.

– Tu es bizarre.

– C'est l'hôpital qui se moque de la charité. Sais-tu qu'à Burning Man, on part du principe que les gens sont honnêtes ?

– Ça ne t'oblige pas à causer comme un vieux scout.

Norman rit. De telles manières lui confirmaient que Joe le considérait comme son père.

Son désir pour Christina l'avait prouvé aussi. Sans doute avait-il réglé son Œdipe de cette façon. « Il se passe toujours des trucs étonnants à Burning Man », conclut-il.

Il existe un phénomène plus ahurissant qu'une ville de vingt mille habitants qui surgit dans le désert en vingt-quatre heures : une ville de vingt mille habitants qui disparaît du désert en vingt-quatre heures, sans y laisser la moindre trace. Ainsi fut effacée Black Rock City, le 5 septembre 1998, comme ce fut le cas chaque année depuis 1990 et comme c'est encore le cas chaque année.

Joe participa au miracle collectif en débarrassant le désert de la portion de choses qu'on exigeait de chacun. C'était un spectacle impressionnant que cette fonte active du voisinage.

– On dirait Dieu détruisant Sodome et Gomorrhe sous une grêle de feu, remarqua-t-il.

– Pars sans te retourner, dit Norman, tu te transformerais en statue de sel.

Comme en sens inverse, leur véhicule mit

quatre heures à quitter le désert de Black Rock à cause de la file immense des vingt milliers d'humains qui circulaient. Ensuite, deux heures leur suffirent à regagner Reno. En revoyant sa ville natale, Joe pensa qu'en huit jours d'absence, il lui était arrivé plus d'évènements que pendant les dix-huit années qui avaient précédé.

– Je vais m'en aller, annonça-t-il.

– Où ? demanda Norman.

– À Vegas. J'ai besoin de ta recommandation pour y devenir croupier.

– Je ne comprends pas, intervint Christina. Tu es magicien. Quel est ton intérêt d'être croupier à Vegas ?

– Un intérêt immense, répondit Norman à sa place. Manipuler de la carte à longueur de nuit, gagner de l'argent avant d'être sûr de pouvoir le faire comme magicien, rencontrer des gens différents, fréquenter des riches, tout cela en vivant dans la capitale mondiale de la magie. La moitié des prestidigitateurs les plus célèbres ont commencé comme croupiers, de préférence à Vegas. Je l'ai été, moi qui te parle. Un sacrément bon souvenir.

– Toi, croupier à Vegas ? J'ai du mal à imaginer ça, dit Christina.

– J'avais l'âge de Joe. Mes parents désapprouvaient à fond mes ambitions de magicien. «Tu seras toujours pauvre», disait mon père. Une nuit, à la table où je distribuais, arrive un Texan allumé : en quatre heures, il remporte un million de dollars. Il me traite de porte-bonheur et me donne un pourboire de cinquante mille dollars. J'appelle mon père et je lui annonce ce que j'ai gagné en quatre heures. Il s'exclame : «Sainte merde ! »

– N'y a-t-il pas un danger ? poursuivit Christina.

– Oui. Il y a intérêt à rester honnête, sinon tu finis les pieds dans le béton, voire le corps entier.

– Bon, coupa Joe. Tu me pistonnes ?

– Il ne perd pas le nord, celui-là.

– Au Bellagio, s'il te plaît.

– Tu ne te mouches pas du coude !

– Tu es Norman Terence, oui ou non ?

Las Vegas n'est pas seulement la ville où le piston est le plus indispensable, c'est aussi le lieu du monde où il est le plus efficace : une heure plus tard, Joe Whip était engagé comme croupier au Bellagio.

– Dans la Bobby's Room ? demanda le garçon.

– Non. Ça, tu n'as qu'à y arriver par ton mérite.

– Qu'est-ce que la Bobby's Room ? interrogea Christina.

– C'est une salle où personne ne joue moins d'un million de dollars.

Cette nuit-là, Christina eut une insomnie.

– Pourquoi envoies-tu Joe dans ce tripot géant ? dit-elle.

– Parce qu'il me l'a demandé.

– Tu es sûr que c'est une bonne idée ?

– Certain.

– Je ne pense pas que tu l'aies pistonné uniquement pour cette raison. Avoue que tu es soulagé : il sera loin de moi.

– Il y a de ça.

– Je ne peux pas t'en vouloir. Pourtant, je t'assure que ça ne risquait pas de se reproduire.

– Je ne t'ai rien demandé.

– Je te le dis quand même. Veux-tu toujours qu'il parte ?

– C'est lui qui le veut.

– Il me manquera.

– Il me manquera aussi. Nous le reverrons.

Au début, Joe se conduisit comme un étudiant : dès qu'il avait un week-end de libre, il faisait de l'auto-stop pour venir à Reno, où il arrivait avec du linge sale. Il passait ses deux jours à raconter des histoires énormes à Norman et Christina, à leur parler de ses amis et à leur montrer les nouveaux tours que la communauté magicienne lui avait appris.

Un soir, ce fut au volant d'une Dodge grande comme une table de ping-pong qu'il débarqua dans son ancienne maison.

– Une occasion. J'ai pu l'acheter grâce à mes pourboires. Maintenant, je pourrai venir vous voir encore plus souvent.

Ce ne fut pas ce qui se produisit. Les voitures servent moins à parcourir de longues distances qu'à bien s'intégrer là où l'on s'établit.

Joe vint de moins en moins. À la place, il acheta un téléphone cellulaire et se mit à appeler à tout bout de champ. Il adorait raconter ses gains.

– Quand passes-tu nous voir ? demandait Norman.

– La semaine prochaine.

– Le week-end ?

– Tu rigoles ? C'est le week-end qu'on a les plus gros joueurs.

« La semaine prochaine » devint la réponse classique.

– Sais-tu que tu ne parles que d'argent ? lui dit un jour Christina.

– Je vis à Las Vegas. De quoi crois-tu qu'il est question ici ?

– Je pensais que tu y étais pour la magie.

Du coup, ses coups de téléphone devinrent plus rares.

Un matin, Norman trouva sur son répondeur un message extatique de Joe, laissé à trois heures cinquante-cinq, soit quatre heures plus tôt : « En seulement neuf mois au Bellagio, voici que je suis nommé croupier dans la Bobby's Room. »

Norman poussa un juron tel que je n'ose le transcrire. Comment ce gamin avait-il réussi un exploit de cette envergure ? À sa fierté incrédule succéda son angoisse. Il appela Joe et le félicita sans mesure, puis il dit :

– Rassure-moi, tu n'as rien commis d'illégal ?

– Ça va pas, non ?

– Excuse-moi. Et tu es sûr que tu vis bien ? Tu ne parles plus jamais de filles.

– De laquelle veux-tu que je te parle ? De Trisha, de Cameron, d'Angel, ou des innombrables dont je n'ai jamais connu les prénoms ?

Norman eut le cœur serré en se souvenant de l'adolescent furieux qui avait voulu garder son pucelage pour Christina.

– Eh bien quoi ? reprit Joe. J'applique tes conseils.

– Pourquoi es-tu toujours dans l'excès ?

– Te revoici dans ton numéro de vieux scout.

Norman sourit.

– Nous accompagnes-tu à Burning Man cet été ?

– Impossible. J'ai du travail.

Il y avait dans sa voix une condescendance d'homme d'affaires parlant à un enfant. Quand Norman raccrocha, il soupira.

Il essaya de paraître joyeux en racontant la nouvelle à Christina. Elle demeura sombre.

– N'est-ce pas extraordinaire ? dit-il avec un enthousiasme feint.

– Sûrement. Mais est-ce que c'est bon pour lui ?

– Pourquoi pas ?

– Tu te rends compte qu'il ne veut même plus aller à Burning Man ?

Norman rit.

– Si étonnant que ça puisse sembler, il y a des gens dont le but suprême n'est pas d'assister à Burning Man.

– Que Joe appartienne désormais à cette espèce ne me réjouit pas. Et puis, je me pose une question : est-ce que toi, qui étais croupier à Vegas à son âge, tu aurais pu réussir un tel exploit ?

Norman réagit comme un père américain :

– Non. Joe est meilleur que moi.

– Meilleur croupier, peut-être. Meilleur homme, je ne pense pas.

– Allons. Rien ne t'autorise à le supposer.

– Je sens qu'il tourne mal. J'espère me tromper.

Norman se tut parce que son opinion était identique.

Dès lors, Joe cessa de téléphoner. Christina laissait parfois des messages sur son cellulaire. En vain.

– Il faut se faire une raison, dit Norman. Sa vie n'est plus avec nous.

– Nous avons été sa famille et il nous oublie aussi facilement ?

– Mets-toi à la place d'un gosse de dix-neuf ans qui gagne cent mille dollars par nuit. Il pète les plombs, c'est normal.

– C'est lamentable. Il était censé devenir un grand magicien. Comment peut-il se contenter d'être croupier, même le croupier le mieux payé ?

– Ça lui passera.

– Entre-temps, je n'ose imaginer son budget coke.

– Pas forcément. Et puis nous sommes mal placés pour le juger.

– Toi et moi, nous ne toucherions jamais à cette merde.

– Écoute, nous devons accepter que ce garçon ait choisi une existence très différente de la nôtre.

À la Saint-Sylvestre, Norman et Christina se retrouvèrent en tête à tête.

– L'an 2000, tu te rends compte, dit-elle, comme le dirent, cette nuit-là, des milliards de gens.

– Une sacrée année, dit-il. Tu vas avoir trente ans, Joe va avoir vingt ans et moi je vais en avoir quarante.

– Moi aussi, c'est à lui que je pense. Il me manque. Je me sens vieille.

– On n'est pas vieux à trente ans.

– Ce n'est pas une question d'âge. Je me sens vieille parce que Joe n'est pas là. Un lien important s'est brisé.

– Il ne l'est peut-être pas.

Aux douze coups de minuit, ils s'embrassèrent en pensant à la même personne.

Janvier, février, mars. Norman et Christina remarquèrent ce que constata la planète entière : aucun changement en l'an 2000.

En avril, Christina eut trente ans. En mai,

Norman en eut quarante. Ni l'un ni l'autre ne fêtèrent leur anniversaire.

– Est-il normal que tout ceci nous soit à ce point égal ? demanda-t-elle.

– Pourquoi accorderions-nous la moindre importance à ces non-évènements ? répondit-il.

La seule chose que chacun avait espérée était un appel de Joe pour leur souhaiter bon anniversaire. Il ne téléphona pas.

– Tu te souviens ? À quinze ans, à seize ans, il m'offrait des fleurs chaque jour.

– Veux-tu que je te fleurisse ?

– Non, dit-elle.

Il entendit ce qu'elle tut : c'est de Joe qu'elle espérait des fleurs. Il comprit. Il souffrait encore plus qu'elle. Joe lui manquait atrocement.

Le 6 août 2000, Norman laissa ce message sur le cellulaire :

« Bon anniversaire, Joe. Vingt ans, le plus bel âge. Christina et moi te souhaitons beaucoup de bonheur. J'imagine qu'on ne te verra pas à Burning Man. Ce serait bien que tu nous appelles. »

Il raccrocha et regarda Christina avec mélancolie :

— Je donnerais n'importe quoi pour avoir de ses nouvelles, dit-elle.

Elle fut exaucée dès le lendemain, à sept heures du matin, par un coup de fil du patron du Bellagio :

— Cette nuit, Joe Whip a donné trois mains inlâchables au plus gros tapis de la table et chaque fois des mains miraculeusement meilleures à son complice. Celui-ci s'était posé avec le *buy-in* minimum de cinq cent mille dollars : en trois coups, il a gagné quatre millions.

– Ça ne peut pas être un hasard ? demanda Norman qui tremblait.

– Un hasard, en trois coups de suite ? En trente ans de carrière, je n'ai jamais vu ça. Je n'ai surtout jamais vu quelqu'un trouver si naturel de gagner quatre millions en trois coups successifs.

– Que dit la caméra ?

– Joe a mis trois dixièmes de seconde de plus à faire ses trois mélanges. À part ça, on ne voit rien. C'est clair que Joe a été formé par un pro. Merci de m'avoir refilé un tel lascar. Sois gentil, ne me recommande plus jamais quelqu'un.

Au procès, on ne jugea que Joe. Le complice avait disparu la nuit du forfait et avait regagné son pays, la Belgique. Il n'y avait pas d'accord d'extradition pour ce genre d'arnaque.

Joe nia tout. On ne put rien prouver. Aux yeux de la justice, la coïncidence parut plausible, même si personne n'y crut.

Il faut préciser que Joe disposait d'un argument énorme pour l'innocenter : c'est que le Belge, suite à sa bonne fortune, lui avait laissé un pourboire de quarante mille dollars.

– Le pourboire le plus minable que j'aie jamais touché dans la Bobby's Room, dit-il.

On conclut à un non-lieu. Joe fut relâché.

Le patron du Bellagio le rattrapa et le somma de rembourser les quatre millions de dollars.

– Vous m'avez licencié et la justice m'a blanchi. Pourquoi vous donnerais-je cet argent ? protesta Joe.

– Question de principe.

– Qu'est-ce que je risque si je n'obtempère pas ?

– Le bloc de béton comme dernière demeure dans les dix minutes. C'est ce qu'en jargon on appelle un accord à l'amiable.

Joe versa les quatre millions.

En guise de paroles d'adieu, le patron lui dit :

– Ce qui me choque le plus, ce n'est pas ta malhonnêteté, c'est ta connerie. Non seulement commettre un truc aussi flagrant, mais surtout faire ça pour quarante mille dollars ! Je serais toi, j'aurais tellement honte que j'irais me pendre.

Joe ne se pendit pas. À la faveur du non-lieu, il put même rester à Las Vegas où il renoua avec sa vraie passion : la magie. L'ambiguïté de sa réputation lui valut, auprès de certains magiciens, une sympathie étrange.

Malgré les quatre millions perdus, il lui restait près de cinq millions de dollars pour voir venir. Il n'eut donc pas besoin de faire de la magie de proximité pour vivre.

Il menait grand train. Les seuls lieux où on ne le voyait jamais étaient les casinos.

Chaque fois qu'un magicien l'accostait, tôt ou tard, revenait la question :

– Explique-moi l'affaire du Belge.

Parfois, l'interrogateur jouait la provocation :

– Ton complice belge, il t'a eu comme les autres, hein ?

Chaque fois, Joe souriait et ne répondait rien.

Cette attitude força l'admiration. Jamais on n'avait vu quiconque avoir si peu besoin de se justifier. On en vint à penser que Joe était le gagnant secret dans cette histoire incompréhensible.

Quand Joe monta son spectacle de mentalisme, il ne trouva que des appuis et des crédits. Commencer la scène à Las Vegas était un pari risqué. Il s'avéra payant : Joe Whip fit salle comble tous les soirs.

Dès lors, il ne manqua pas d'âmes simples pour conclure que le scandale auquel il avait été lié relevait du mentalisme.

À l'autre extrémité du Nevada, un homme ne partageait pas cette conviction.

Quand le patron du Bellagio avait raccroché, au matin du 7 août 2000, Norman s'était pris la tête dans les paumes. Il demeura ainsi très longtemps. Il était aussi abasourdi qu'on peut l'être.

Christina lui demanda ce qui se passait :

– Je ne sais pas comment te raconter. Je n'y comprends rien.

Il lui confia ce qu'il savait. Elle s'assit à côté de lui :

– J'ai besoin de lui parler.

– Moi aussi. Mais il est entre les mains de la justice, il n'y a plus moyen de le joindre.

Norman suivit l'affaire dans les journaux. Il était question d'un Belge qui avait filé avec les quatre millions de dollars. Le détail de cette nationalité lui parut d'une incongruité absolue. Cela, plus le fait que Joe avait touché la somme de quarante mille dollars, acheva de lui rendre cette histoire complètement abstruse.

Il assista au procès, d'autant qu'on l'y avait appelé comme témoin. Joe ne lui accorda pas un regard, même quand il monta à la barre ; il n'y dit que la vérité, en s'efforçant de ne pas charger le garçon. On lui demanda si, selon lui, il y avait préméditation.

– Je n'en sais rien, répondit Norman. Cela me paraît impossible.

Sa bonne foi était criante et contribua au non-lieu. Norman, lui, n'avait quasi jamais lâché Joe des yeux. Il avait remarqué sa constante absence d'expression, en particulier à l'annonce du verdict, à croire qu'il n'en était pas étonné.

Par la suite, il essaya de téléphoner au garçon. Le numéro de son cellulaire n'était plus attribué.

Norman devint insomniaque. Il ne cessait de

ressasser les pièces qui, selon lui, composaient ce puzzle. À travers ses actes, il lui semblait flagrant que la cible de Joe, c'était lui, son père spirituel.

D'abord, il y avait eu la fameuse nuit avec Christina, pour laquelle Joe avait avoué une très longue préméditation. Le gamin lui avait dit qu'il aimait d'amour fou cette femme. Or il avait suffi que Norman la joue cool pour le libérer de cette prétendue obsession. Ceci tendait à prouver que Joe avait eu pour unique but, consciemment ou non, de blesser Norman en lui volant Christina.

À peine était-il rentré de Burning Man que Joe demandait à Norman de le pistonner auprès du patron du Bellagio. Sans doute enclenchait-il son plan B, vu l'échec de sa première tentative de briser Norman.

« C'est d'autant plus crédible que je suis le seul vrai perdant dans cette affaire, pensait-il. Je suis déshonoré d'avoir formé un tricheur, mes recommandations ne valent plus rien et Joe sait combien je le vis comme une trahison de sa part. »

Il ne voyait pas d'autre explication. Plus le

temps passait, plus il avait besoin d'en avoir le cœur net.

Un matin, il annonça à Christina qu'il partait pour Las Vegas.

– Tu sais pourquoi, dit-il.

– Oui, répondit-elle. Je t'accompagnerais volontiers, mais j'ai l'impression que ce serait une erreur. C'est entre lui et toi, je crois.

Norman assista au spectacle de Joe Whip. Jamais il n'avait vu aussi brillant show à Las Vegas. Il y eut une ovation. Il applaudit encore plus que les autres, très ému d'un si beau succès.

Il le rejoignit dans les coulisses où sa célébrité lui ouvrit les portes. La loge de Joe était remplie de jeunes femmes offertes. Quand il aperçut Norman, il soupira :

– Tu ne vois pas que tu me déranges, là ?

– Merci pour ce chaleureux accueil, fiston.

Les filles crurent à une réunion de famille plutôt tendue et déguerpirent, laissant chacune leur carte de visite.

– Je n'ai rien à te dire, déclara Joe.

– Ce n'est pas réciproque. D'abord, bravo

pour le spectacle. C'est du grand art. Je suis très fier de toi.

Joe se versa un whisky, sans en proposer à son hôte. Celui-ci s'en servit un.

— Je voulais te remercier, dit Norman. À présent, j'ai compris. Tout, dans ton attitude, depuis le début, prouve à quel point tu me considères comme ton père.

Joe s'étrangla avec sa gorgée d'alcool.

— Tu as commencé par me voler ma femme. Et comme cette tentative de meurtre ne te suffisait pas, tu as voulu me tuer socialement en me déshonorant par ton arnaque. Tu n'y as d'ailleurs pas réussi : à part les casinos, personne n'a retenu ta culpabilité. Peu importe : c'est l'intention qui compte, n'est-ce pas ?

— De quoi te plains-tu ? Tu voulais pistonner d'autres gars ?

— Je ne me plains de rien. Tu avais tellement besoin de tuer le père. Moi, ce que j'entends dans cet énoncé, c'est que je suis bel et bien ton père et cela me touche. Je suis venu pour te remercier. Être ton père, c'est, avec Christina, l'un des cadeaux les plus immenses que j'aie reçus.

Joe resta interdit quelques instants. Ensuite, il éclata de rire.

– Tu es bête à manger du foin, finit-il par dire.

– Ah ?

– Tu n'as rien compris, mon pauvre vieux. Rien de rien. Je vais te raconter.

Août 1995. Je viens d'avoir quinze ans. On ne dira jamais assez combien c'est à cet âge que se nouent les grandes choses de la vie.

Je m'exerce au bar d'un hôtel de Reno. Comme toujours, je suis seul. Soudain, je vois qu'un homme observe mes mains, assis au zinc, à trois mètres de moi.

J'ai l'habitude et pourtant je sens que c'est différent. Je m'efforce de ne rien laisser paraître de mon trouble et termine le tour de cartes. Ensuite, je lève la tête et je souris à l'homme. Je sais qu'il ne me donnera pas de pourboire et ça ne me dérange pas.

– Quel âge as-tu, petit ?

– Quinze ans.

– Où sont tes parents ?

– Il n'y en a pas, dis-je, sans avoir le sentiment de mentir.

L'homme doit avoir quarante-cinq ans. Il en impose. Il est large. Son regard a l'air de venir de loin, comme si ses yeux étaient enfoncés.

– Gamin, de ma vie je n'ai vu des mains aussi incroyablement douées que les tiennes. Et je m'y connais.

Je sens que c'est vrai. Je suis impressionné.

– Tu as un professeur ?

– Non. Je loue des vidéos.

– Ça ne suffit pas. Quand on a un tel don, il faut avoir un maître.

– Voulez-vous devenir mon maître ?

L'homme rit.

– Doucement, petit. Moi, je ne suis pas magicien. Mais tu habites Reno, la ville du plus grand.

– Du plus grand quoi ?

– Du plus grand magicien.

Il me donne ton nom et ton adresse.

Il me regarde encore. Je suis séduit. J'ai les joues en feu, tellement j'ai peur qu'il parte. Le sent-il ?

– Quand as-tu eu quinze ans ?

– Le 6 août, il y a trois jours.

Il se tait et réfléchit.

— Le 6 août 2000, tu auras vingt ans. Je te fixe rendez-vous à cette date, à dix heures du soir dans la Bobby's Room du Bellagio, à Las Vegas, où tu seras croupier. Connais-tu les règles du poker ?

— Oui.

— Je m'assiérai devant toi. Je me poserai avec le *buy-in* minimum de cinq cent mille dollars. Tu donneras trois mains inlâchables au plus gros tapis de la table et, chaque fois à moi, des mains miraculeusement meilleures.

— En serai-je capable ?

— Oui. Norman Terence t'aura enseigné les tours de triche. Il y excelle, bien qu'il soit assez bête pour être honnête. Pour te remercier, je te filerai quarante mille dollars.

J'ai quinze ans, la somme me paraît énorme. Mais peu importe l'argent. Cet homme m'a choisi. Je suis l'élu d'une arnaque monumentale. S'il m'estime à ce point, c'est qu'il me considère comme son fils.

Si je pouvais désigner mon père, ce serait lui : mystérieux, imposant, l'air de savoir très précisément où il va.

– C'est dans cinq ans. Entre-temps, vous verrai-je ?

– Non. Ce serait imprudent.

J'ai le cœur brisé.

– S'il vous plaît ! J'aurai besoin de vous. J'attends de vous connaître depuis si longtemps. Je viens à peine de vous rencontrer.

Il me regarde et je sais qu'il comprend. Sans aucun mot, il sait que je le veux pour père, que c'est lui ou personne. Il ne dit ni oui ni non. Je décide de prendre ça pour un consentement.

– Impossible, conclut-il. Je dois retourner en Belgique, mon pays. Cinq années ne seront pas de trop pour réunir les cinq cent mille dollars. Mais je prête serment d'assister à notre rendez-vous, la nuit de tes vingt ans.

Il me serre la main et il part. Je décide de construire ma vie sur sa parole. Le lendemain, je te rencontre et te prie d'être mon maître. Tu corriges et cela devient professeur. Aussitôt, je sais que, comparé à cet homme, tu ne fais pas le poids.

Norman était écrasé.

– Alors ne viens pas me dire que tu es mon père, mon pauvre vieux. Dans cette affaire, tu es un tiers depuis le premier jour. Tu penses que je t'ai tué : si c'est le cas, considère ça comme une balle perdue.

– Et Christina ?

– Accident de parcours. Ce n'était pas aussi prémédité que l'arnaque. Ta femme est désirable, voilà tout.

– Pendant tes années d'apprentissage chez moi, n'as-tu pas vu mon dévouement ? N'as-tu pas vu comme je t'aimais ?

– Si. Mais ce n'était pas mon problème.

– N'as-tu pas pensé que je méritais d'être ton père ? Plus que ce Belge entrevu dans un bar ?

– Non.

– Pourquoi ?

– Parce que lui m'avait choisi. Toi, tu t'étais contenté d'accepter ma proposition.

– Tu joues sur les mots.

– Je ne trouve pas.

– Si j'avais été dans ce bar ce soir-là à la place de ce Belge, je t'aurais choisi.

– Tu n'y étais pas. On n'écrit pas l'histoire avec des si.

– J'en ai fait dix mille fois plus pour toi que ce Belge, non ?

– Ce n'est pas mon impression.

– Tu es marteau ? Il t'a roulé. Il t'a fait manigancer une arnaque pas croyable en te payant
quarante mille dollars.

– L'argent n'a pas compté dans ma décision.
J'avais quinze ans. Aucun homme ne m'avait
choisi pour fils. J'en avais un besoin monstrueux.

– Est-ce pour ça que tu as accepté un père
monstrueux ?

– Il m'avait choisi, je te répète. Cela suffisait.

– Moi aussi, je t'ai choisi.

– Pas vraiment. Et de toute façon, tu n'étais
pas le premier.

Norman secoua la tête d'incrédulité.

– Alors c'était ça ? Le premier venu qui te
choisissait était le bon ?

– En tout cas, il m'a séduit dans l'instant
même où il m'a abordé. Peut-être parce qu'il
était le premier. Toi, il m'est arrivé de t'appré-
cier et de t'estimer. Tu ne m'as jamais séduit.

– Est-ce que cela ne fait pas de moi un
meilleur père ? Un père n'est pas censé séduire
son fils.

– Le vieux scout qui parle par ta bouche ne

me convainc jamais. Moi, je pense qu'aucune séduction n'est aussi indispensable que celle d'un père.

— Et pendant ces longues années où je me dévouais pour toi, n'as-tu jamais eu honte ?

— Ça changerait quelque chose ?

— Pour moi, oui.

— Quantité négligeable. Non, je n'ai jamais eu honte.

— Pas même au procès, où tu m'as vu tant souffrir ?

— Je ne te regardais pas.

— Et ton prétendu père belge qui t'a laissé dans un tel merdier, tu ne lui en veux pas ?

— Non.

— Il t'a donné des nouvelles depuis ?

— Non.

— Tu trouves qu'il se conduit comme un père envers toi ?

— Il a fait ce qu'il fallait au bon moment. Il m'a fondé.

— Tu es stupide ou quoi ? Il a voulu gagner des millions de dollars en se servant de toi, voilà tout !

— Je suis heureux qu'il ait touché cet argent.

C'était une façon pour moi de lui exprimer ma gratitude d'avoir été choisi.

Norman le regarda et vit qu'il était fou. Des années plus tôt, Christina lui avait dit qu'à quinze ans, on est fou. Joe avait vingt-deux ans et il l'était resté. Cet homme qui l'avait séduit à cet âge critique lui avait dérobé sa raison pour toujours.

Joe était un aliéné. « Sinon, comment aurait-il supporté une préméditation aussi longue, difficile et aléatoire ? » pensa Norman.

Il se rappela combien il avait souffert quand il avait surpris Christina avec Joe et combien il avait peiné pour surmonter sa colère envers lui. Il avait réussi à lui pardonner et il en avait été épaté. À présent, il voyait combien cette épreuve qui lui avait semblé si riche de sens en était dépourvue. Et c'était ça, le pire.

– Pour la première fois, tu viens vraiment de me faire du mal, dit Norman.

– Pour la première fois ? Tu me sous-estimes.

– Avant, je ne le savais pas. Maintenant, je découvre à quel point tout ceci était dénué de signification. Dans cette histoire où je me croyais ton père, je n'étais qu'un pion. Tu t'es abominablement conduit envers moi et tu n'en éprouves aucun remords.

– Et alors ? Vas-tu raconter la vérité à la police ? Tu ne pourras rien prouver.

– Pour le coup, c'est toi qui n'as rien compris. Que m'importe la police ? Même si, pour toi, je ne suis rien, moi je te considère toujours comme mon fils. Que peux-tu contre ça ?

– Cette manie que tu as de brasser du vent ! Je m'en fiche, de ce que tu penses.

– Dorénavant, mon petit, je ne te lâche plus. Partout où tu seras, j'irai. Tu m'apercevras toujours dans ton paysage. Ton père belge t'a eu par un serment, je t'aurai par la même méthode. On verra, si tu t'en ficheras.

Norman tint parole.

— Cela dure depuis huit ans, me dit mon interlocuteur de L'Illégal, le 6 octobre 2010.

— Est-ce que Joe a craqué depuis ? demandai-je.

— On ne croit pas. Allez savoir ce qui se passe dans la tête d'un joueur.

J'essayai d'imaginer mon propre père me suivant à la trace sans interruption pendant huit années. Malgré mon affection pour lui, je l'aurais vécu comme une torture. À plus forte raison s'il s'était agi d'un père putatif cherchant à susciter mes remords.

Je ne pus m'empêcher d'aller parler à Norman Terence. Comme les personnages mythologiques, il ne sembla pas étonné que je sois au courant de son histoire.

— Qu'est devenue Christina ? lui demandai-je encore.

— Je ne sais pas.

— Cela ne vous préoccupe pas ?

— Il faut croire que j'avais une vocation de père et qu'elle m'importe davantage.

— Vous auriez pu avoir des enfants avec Christina. Vous le pourriez peut-être encore.

— Vous ne comprenez pas. J'ai un enfant. Celui que j'ai choisi.

— Lui ne vous a pas choisi.

— J'attends qu'il change d'avis. J'attends qu'il me rende justice.

— Ne voyez-vous pas que la justice est la dernière de ses préoccupations ?

— Il a tort. Il faut être juste.

— Vous avez tort aussi. Vous gâchez votre vie et la sienne.

— Je ne peux pas faire autrement. Les enfants que ne reconnaît pas leur père en souffrent. Mais il existe une souffrance plus grande : celle d'un père que son enfant ne reconnaît pas.

Il me tourna le dos. Il ne voulait plus me parler.

On dit de certains rejetons qu'ils ont de qui tenir. Il peut arriver que le processus s'inverse

et qu'un père se mette à ressembler à son fils :
Norman était devenu fou.

Je fus surtout frappée par sa monstrueuse
patience.

DU MÊME AUTEUR

Composition IGS-CP
Éditions Albin Michel
22, rue Huyghens, 75014 Paris
www.albin-michel.fr

ISBN broché : 978-2-226-22975-5
ISBN luxe : 978-2-226-18447-4
N° d'édition : 19912/01
Dépôt légal : août 2011
Imprimé au Canada
sur les presses d'imprimerie Lebonfon Inc.